万葉手帳

上野誠 著
牧野貞之 写真

東京書籍

はじめに

「長短一味《ちょうたんいちみ》」という言葉がある。刀が長いからといって戦いに有利とは限らないし、短いからといって不利であるというわけでもない。長いものには長いものの良さ、短いものには短いものの良さがあるという意味である。つまり、大切なのは戦い方であり、戦うための心がけということであろうか。

この本は手帳サイズであるから重厚な本ではない。だから短い時間で読むことができる。私が目指そうとするところは、さらりと読んでもらって、『万葉集』を大づかみにできる本をつくることである。つまり私は、この本を『万葉集』と、その歌集を育んだ人びと、風土と歴史などを大づかみにできる本にしたいのである。

『万葉集』は八世紀の中葉に成立した歌集である。今日、『源氏物語』と並ぶ国民文学であるといえるだろう。多くの人びとが、この二つの古典を心の支えとして生きている。また多くの人々が、この二つの古典を学びたいと思っている。しかし単に読むといっても、それは千年以上も前の言葉である。躊躇《ちゅうちょ》している人も多いだろう。読んでみたいと思ってはいるのだが……そういう人々のために、私はわかりやすい手引書を書きたいのである。

では、「わかりやすい」とは具体的に、どういうことをいうのであろうか。私なりにいわせてもらえば、楽しめるということである。読んでいて楽しいと思うのは、その内容がよくわかっているからである。わかるということは、その面白さがわかるということなのである。

と、ここまで書いてきたところで、私は急に自信がなくなってきた。既に三〇年にわたって学者修行をしているが、本当にその味わいを伝えることができるのか。これはひとつの、私に課せられた試練でもある。

上野　誠

目次

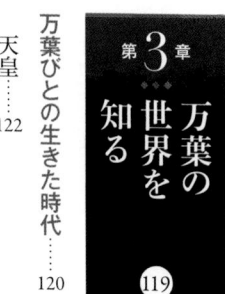

飛鳥京時代(一時、難波宮、大津宮の時代あり)

推古	592(崇峻5)年	推古天皇が即位し、飛鳥豊浦宮(とゆらのみや)に遷る
	593(推古元)年	聖徳太子が摂政となる。四天王寺を建立
	596(推古4)年	法興寺(現在の飛鳥寺)が建立
	600(推古8)年	最初の遣隋使を派遣
	603(推古11)年	飛鳥小懇田宮(おはりだのみや)に遷る
	604(推古12)年	聖徳太子が冠位十二階・憲法十七条を制定
	607(推古15)年	小野妹子らを遣隋使として派遣
	622(推古30)年	聖徳太子没
	623(推古31)年	新羅に対して軍事行動を開始
舒明	630(舒明2)年	飛鳥岡本宮に遷る
	636(舒明8)年	飛鳥岡本宮が炎上し、飛鳥田中宮に遷る
皇極	643(皇極2)年	飛鳥板蓋宮(いたぶきのみや)に遷る
	645(大化元)年	大化の改新。蘇我氏滅亡
孝徳	651(白雉(はくち)2)年	難波長柄豊碕宮(なにわのながらのとよさきのみや)に遷る
	653(白雉4)年	中大兄皇子らが飛鳥河辺行宮(かわべのかりみや)に帰る
斉明	655(斉明元)年	皇極天皇が斉明天皇となる。飛鳥板蓋宮が焼失し、飛鳥川原宮へ遷る
	656(斉明2)年	後飛鳥岡本宮に遷る
	658(斉明4)年	有間皇子の変が起こる
	661(斉明7)年	斉明天皇が百済救援のために筑紫行幸するも、同地で崩御
天智	663(天智2)年	百済との連合軍が、白村江の戦いで唐・新羅連合軍に大敗
	664(天智3)年	防人を設置
	667(天智6)年	近江大津宮に遷る
	671(天智10)年	大海人皇子が吉野へ。天智天皇没
天武	672(天武元)年	壬申の乱が起こる。飛鳥浄御原宮(きよみはらのみや)に遷る
持統	686(朱鳥元)年	大津皇子事件
	689(持統3)年	飛鳥浄御原宮令が制定される

藤原京時代から平城京の時代へ

持統	694(持統8)年	藤原京に遷る
文武	702(大宝2)年	大宝律令発布。山上憶良らを遣唐使として派遣
元明	708(和銅元)年	新都(平城京)造営の詔。和同開珎発行
	710(和銅3)年	平城京へ遷る
	712(和銅5)年	『古事記』が完成し、献上される
	713(和銅6)年	『風土記』の編纂が命じられる

平城京時代(一時、恭仁宮、難波宮の時代あり)

元正	718(養老2)年	薬師寺・元興寺を平城に遷す。大伴家持が生まれる
	720(養老4)年	『日本書紀』が完成し、撰上される
聖武	729(天平元)年	長屋王の変が起こる。光明子が皇后に
	740(天平12)年	聖武天皇、大仏造立を発願。山城の恭仁(くに)京に遷る
	741(天平13)年	国分寺および大仏建立の詔
	742(天平14)年	近江に離宮・紫香楽宮(しがらきのみや)を造営
	744(天平16)年	難波宮に遷る
	745(天平17)年	平城京に遷る。行基が大僧正に
孝謙	749(天平勝宝元)年	東大寺の盧舎那仏(大仏)が完成
	754(天平勝宝6)年	鑑真来日
淳仁	759(天平宝字3)年	鑑真が唐招提寺建立
称徳	768(神護景雲2)年	春日大社創建
	〜『万葉集』はこの頃までに成立か〜	
桓武	784(延暦3)年	長岡京に遷る

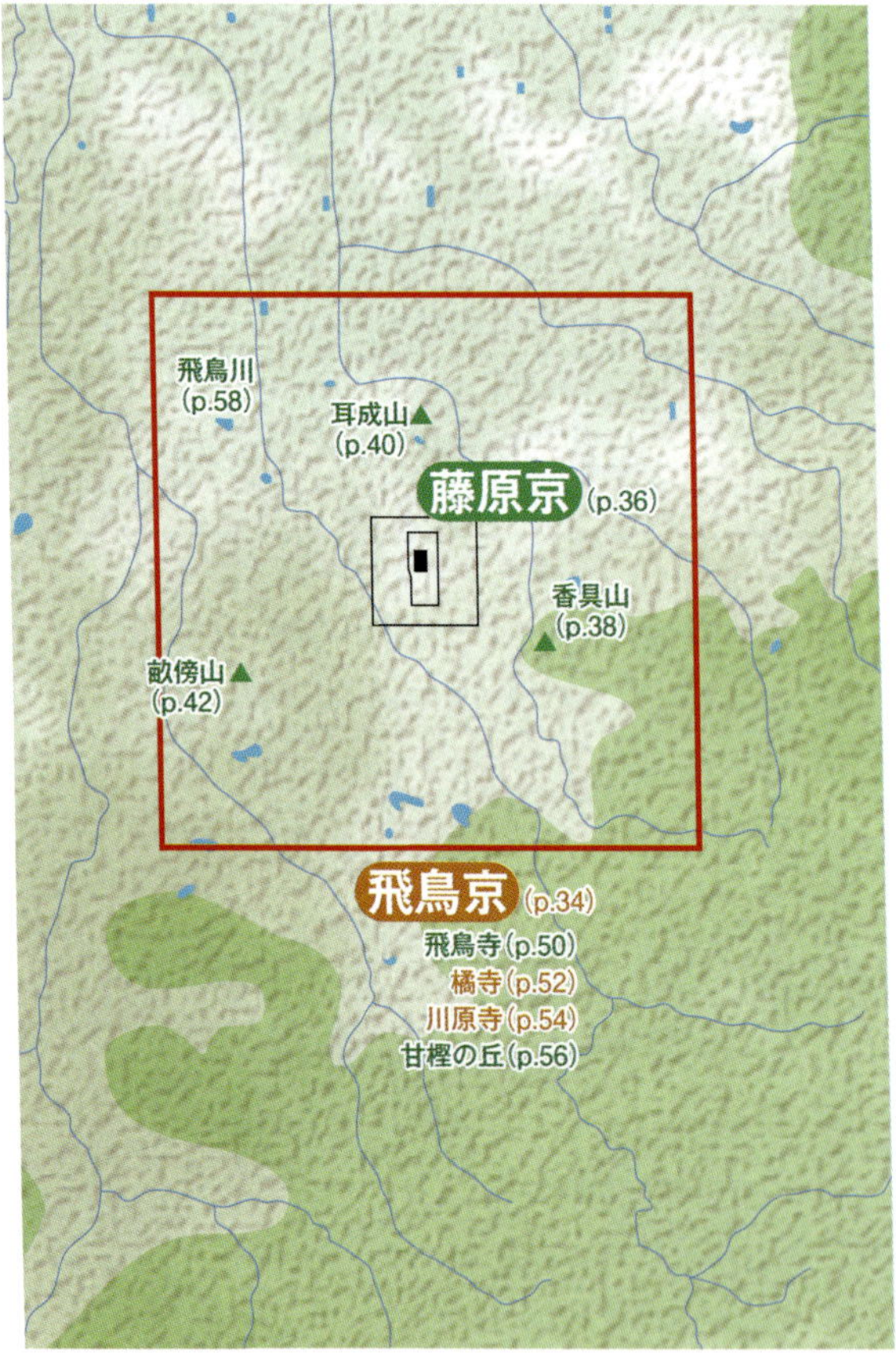

飛鳥京・藤原京 周辺地図

(本書に登場する地名)

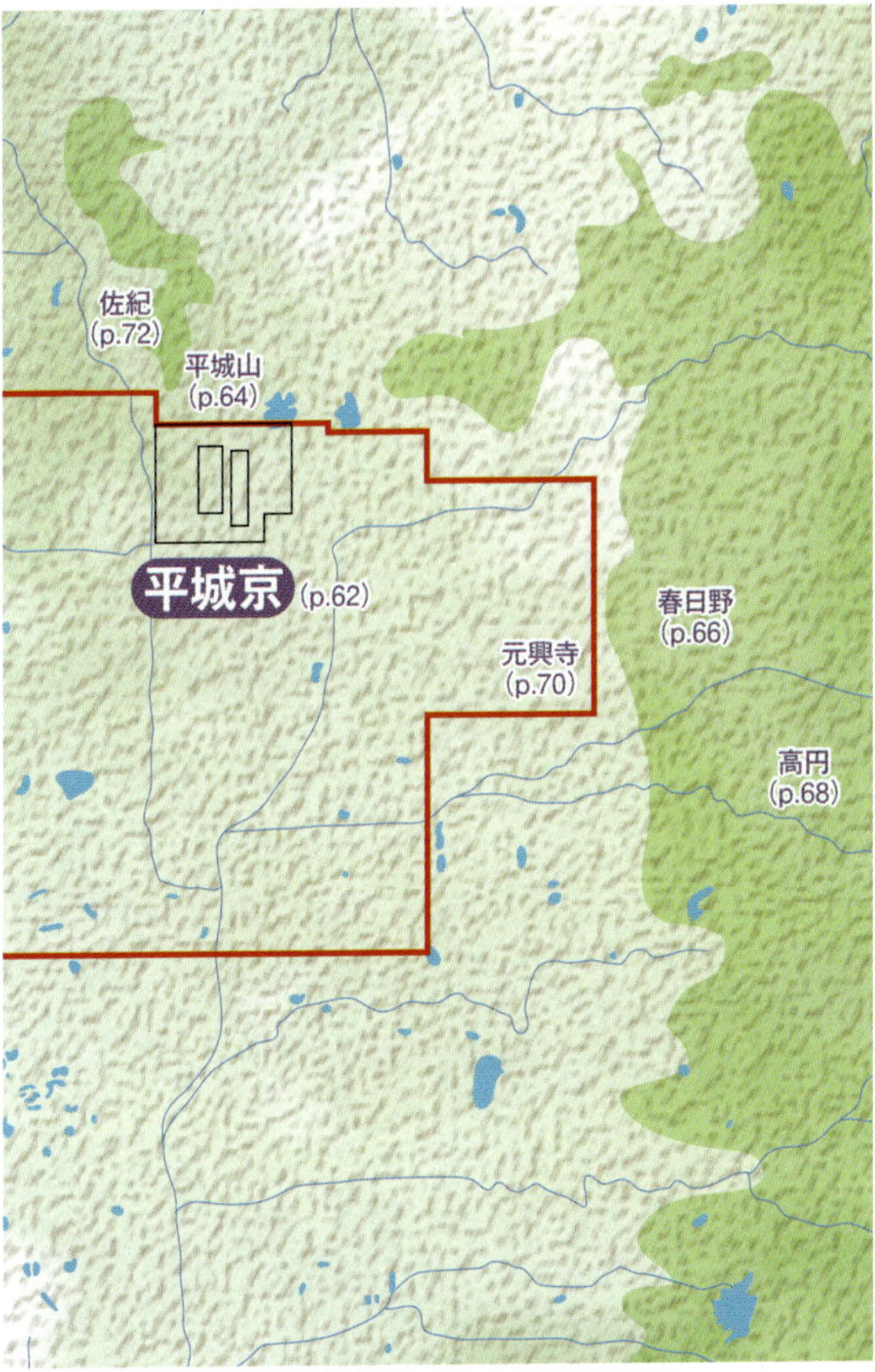

平城京 周辺略図

（本書に登場する地名）

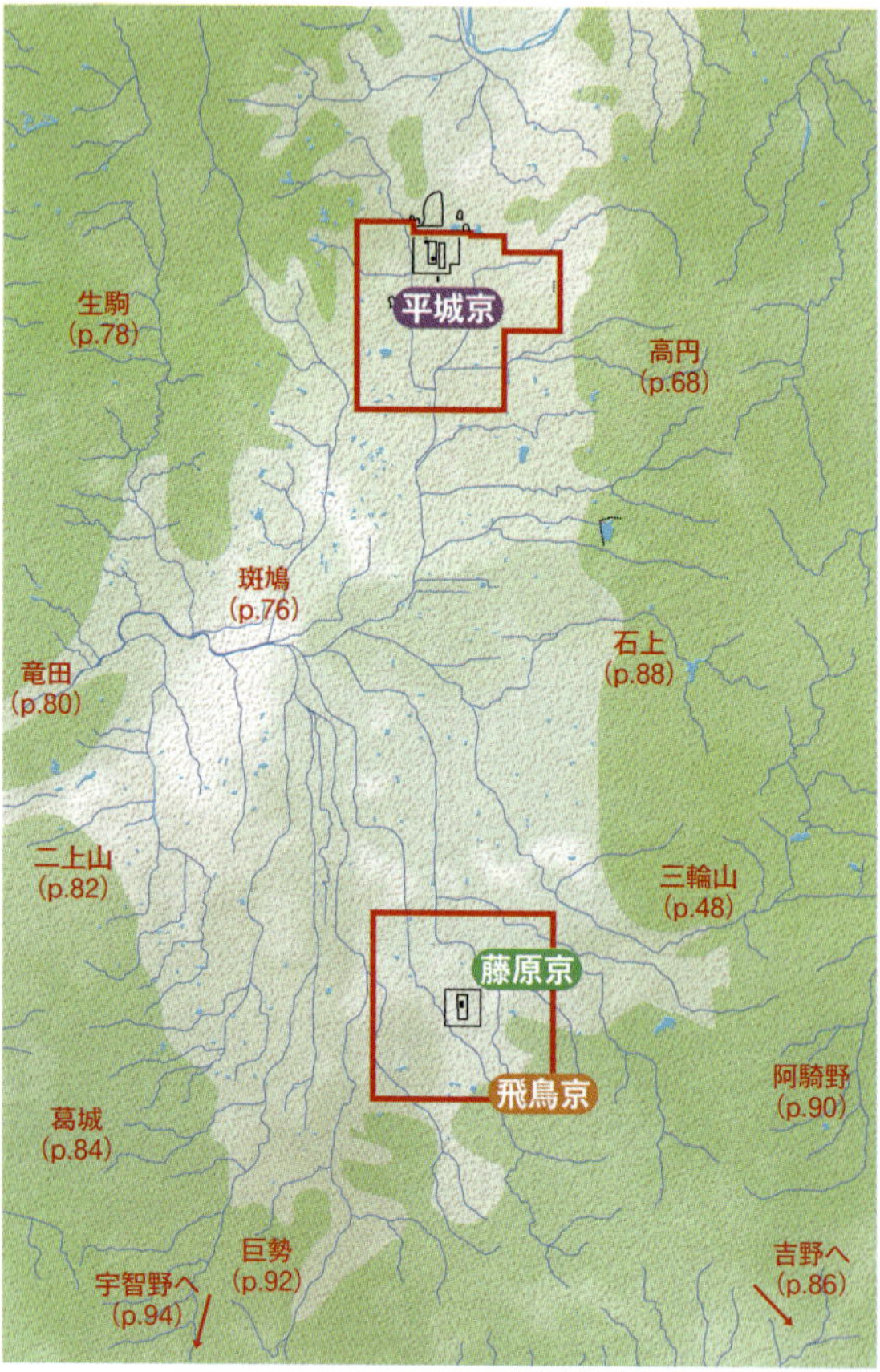

大和周辺略図

（本書に登場する地名）

全国に広がる万葉の歌

『万葉集』で歌われる地名は全国に散らばっている。大和（奈良県）の地名は約300で、摂津や河内など大和周辺も300を超える。これ以外が、大宰府を中心とした九州諸国や、東歌や防人歌で知られる東国などで、京と地方をつなぐ道などでも歌われた。

近江大津宮
（大津 p.100）
足柄《あしがら》
（東国 p.98）
難波宮跡公園
（難波 p.102）
筑紫館・志賀島
（筑紫 p.104）

日本略図

（本書に登場する地名）

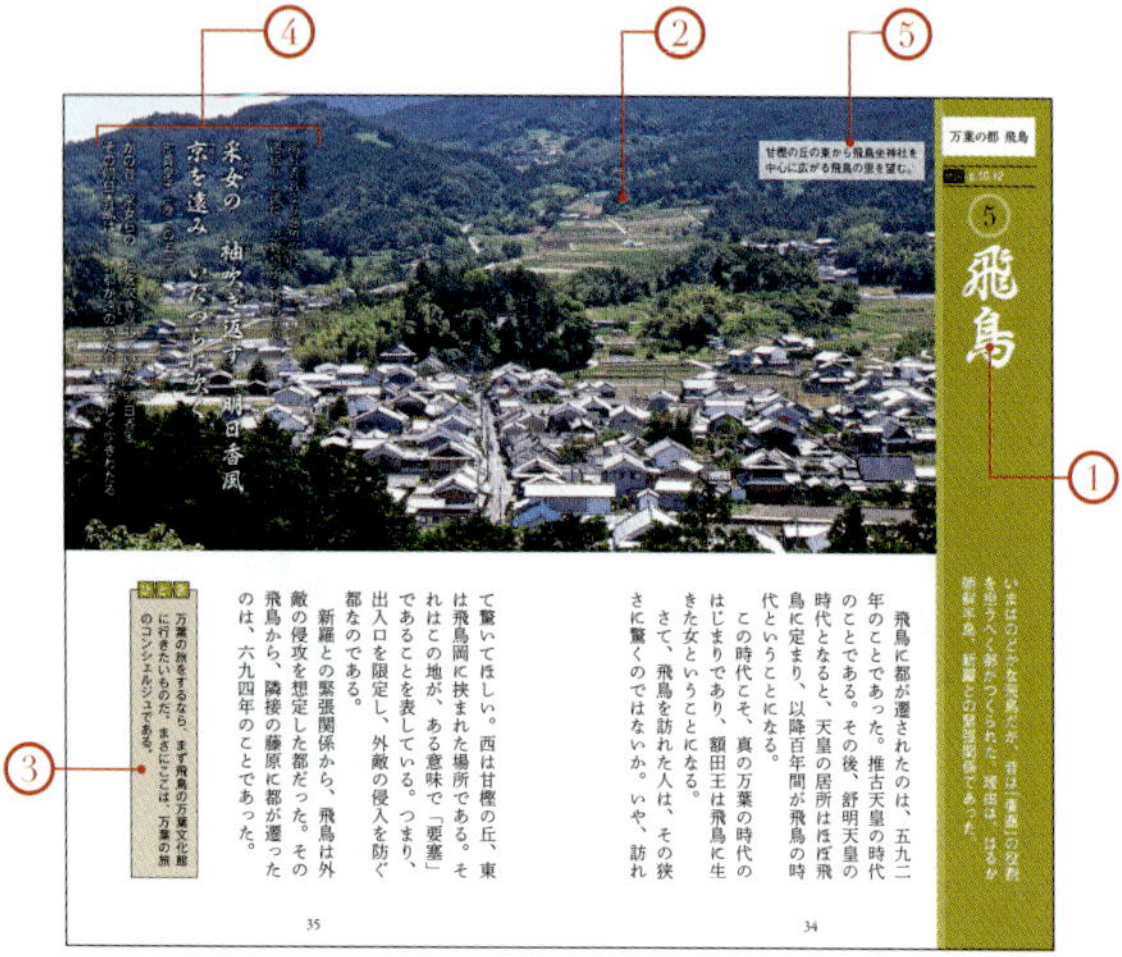

本書の注意事項

① タイトルが地名の項は、一〇〜一三頁でおおよその場所を確認できます。

② 掲げた歌に関連した写真を掲載しています。

③ 「ひと言」は、ちょっと覚えておきたい豆知識です。

④ タイトルに関連した万葉歌です（題詞と左注は、ページ構成の関係上、一部省いているものがあります）。

⑤ 写真のキャプションは、写真家・牧野貞之氏によるものです。

第1章

万葉集を学ぶ

歌われた声の花束

『万葉集』は二〇巻、四五一六首から成り立つ歌集である。その一首一首は、七世紀と八世紀に生きた人々の声である。歌は歌うものだから、声に出すものである。その歌われた声の花束こそ『万葉集』ということができよう。

自分たちの声を、どうやったら記録できるのか。これは日本人のみならず、人類共通の課題であった。その声をとどめる方法のひとつとしてつくられたのが文字である。文字化することによって、人びとの声を蘇らせようとしたのである。したがって、この点からいえば、文字はレコーダーやテープ、CDと同じ役割を担っているといえよう。

漢字を中国から学び、その漢字の意味と日本語の意味とを照らし合わせて、読み書きができるようにする。さらには漢字の意味を切り捨てて、その音のみを借りて読み書きをする。さまざまな方法が模索され、用途に合わせた書き方ができあがっていった。そうやって書きとどめられた歌々は分類され、歌を集めた歌集となった。さらにいえば、それら分類法も中国の古典から学んだのである。だから『万葉集』を学ぶということは、万葉びとの声を聞くことなのである。

万葉集を学ぶ

① 巻一の一

雄略天皇は乙女に名前を問い、そして自ら名告《なの》り、大和の支配を宣言する。はじまりの一首は、この英雄的天皇の歌である。

近鉄大阪線朝倉駅北東の黒崎地区の丘陵地。遠くに耳成山、畝傍山が望める。

泊瀬朝倉《はつせのあさくらの》　宮《みや》に天《あめ》の下治《したをさ》めたまひし天皇《てんわう》の代《みよ》［大泊瀬《おほはつせ》稚武《わかたける》天皇］
天皇の御製歌《おほみうた》

籠《こ》もよ　み籠持ち　ふくしもよ　み
ぶくし持ち　この岡《をか》に　菜《な》摘《つ》ます児《こ》
家《いへ》告《の》らせ　名《な》告らさね　そらみつ
大和《やまと》の国《くに》は　おしなべて　我《われ》こそ居《を》
れ　しきなべて　我こそいませ　我
こそば　告らめ　家をも名《な》をも

雄略天皇　（巻一の一）

いやぁ、良い籠《かご》を持ってらっしゃるし　良いへらを持ってらっし
ゃいますね　この岡で　若菜を摘んでいらっしゃるお嬢さんがた
家をおっしゃい　名前をおっしゃいな　この大和の国は……み
な、私が君臨している国　隅々まで　私が治めている国なのです
ゾ　ならば、私から名告りましょう　家も名前も

『万葉集』は、雄略天皇の歌からはじまる。雄略天皇は、五世紀の後半を生きた英雄的天皇である。国土統一の英雄は色を好み、多くの逸話が『古事記』『日本書紀』に載っている。「英雄色を好む」なのである。

では、この雄略天皇の歌はどういう歌かというと、春先、若菜を摘む乙女たちの元に天皇が訪れて、結婚を申し込むというものである。古代社会においては、男性が女性に対して名前を問うことは、求婚を表していた。名前を教えるということは、魂を捧げることを意味していたのである。

天皇は乙女たちの使っている籠とへらをほめ、名前を聞こうとする。ところが天皇は一転、自らの名告《なの》りを行ない、「我こそは大和を支配する大王《おおきみ》であるぞ」と宣言するのである。

つまり一番の歌は、天皇の名告りの歌でもある。

相手に名告りを求めておきながら、自らが名告りをする。もし名告れば、自らが大和の支配者であることがわかる。だからこの歌は、求婚の歌であると同時に、大和を支配する大王の名告りの歌ということになるのだ。

さて、この歌に牧歌的な古代の天皇像、

近鉄浅倉駅付近より浅倉宮方面を望む。

大王像を見るか、はたまた、強権の天皇、大王像を見るかは、読者一人ひとりで違うだろう。乙女たちに、名を問うとみせてから、じつは天皇が名告るというかたちをとっている点が、じつに微妙なのである。

が、しかし、この微妙なところこそ、王権なるものの本質といえるだろう。答えは、ないのだが――。

ひと言

近鉄朝倉駅から見えるどこかに、雄略天皇の宮殿があったはずである。いくつかの候補地はあるが、確定はできない。

② 雑《ぞう》歌《か》

『万葉集』の歌の分類のうち、「雑歌」は宮廷社会の大切な行事のときに歌われた歌である。

明日香村の石舞台古墳を過ぎ細川集落に向かうと、大和三山が一望できる。

天皇、香具山《かぐやま》に登りて望国《くにみ》したまふ時の御製歌《おほみうた》

大和《やまと》には　群山《むらやま》あれど　とりよろ
ふ　天《あめ》の香具山　登り立ち　国《くに》
見《み》をすれば　国原《くにはら》は　煙《けぶり》立ち立つ
海原《うなはら》は　かまめ立ち立つ　うまし
国そ　あきづ島　大和の国は

舒明天皇　（巻一の二）

大和には　たくさんの山があるけれど　何物も寄せつけぬ　天の香具山に　登り立って　国見をすれば　広い広い国原には　かまどの煙があちこちから立ち上がっているではないか　広い広い海原には　かもめが盛んに飛び立っているではないか　本当に素晴らしい　（あきづ島）この大和という国は……

『万葉集』には、三大部立という歌の分類法がある。すべての巻に部立があるわけではないのだが、三つに歌を分けるのである。その三つとは雑歌《ぞうか》・相聞《そうもん》・挽歌《ばんか》である。

雑歌というと、分類不可能な雑部という印象があるが、そうではない。むしろ宮廷社会において大切に伝えられた歌で、大切な行事の際に歌われたものであった。

天皇の旅である行幸、若菜摘みのような年中行事、宴、それに大切な行事であった狩りなどが、雑歌の分類に入る。少なくとも巻一の雑歌は、こういった宮廷社会にとって大切な行事にかかわる歌であった。天皇が高台に登って国を見て、国をほめる国見の歌が、万葉集の二番の歌である。

万葉びとにとって、生きることは、食べることであり、旅をすることである。さらには恋をすることでもある。

加えて、忘れてはならないことがある。生きることとは、死ぬということでもあるのだ。人を悼《いた》むか、人から悼まれるかの違いはあるが、三大部立の雑歌・相聞・挽歌は、人の営みを表している歌であると、私は思っている。

一方、あたりまえのことだが、生きていればこそ、歌うこともできる。ならば、

作者が死んだあとも、歌い継がれる歌もある。

歌うことは、生きていることとの表現かもしれない。

が、しかし、作者が死んだあとも、歌が歌い継がれることもある。つまり、世代を越えた命を、歌のほうが持つということもあるのだ。歌は世につれ、世は歌につれ、というように、歌は世相を映すものであると同時に、永遠の生命を持つこともある。

私の仕事は、その万葉歌を次世代に歌い継いでゆくことだ。

ひと言

私たちは見たままの景色を歌うのが歌だと思っているが、古代においては、そうではない。見たいと思う素晴らしい景色を歌うものだったのである。

3 相聞《そうもん》

相聞は恋歌が多いが、つまりは互いにやりとりをする歌のこと。本来は宴で歌われた二者のかけ合いが基本である。

誉謝女王《よざのおほきみ》の作る歌

流らふる　つま吹く風の　寒き夜《よ》に
我《わ》が背の君は　ひとりか寝《ぬ》らむ

誉謝女王（巻一の五九）

流れ流れてゆく　つむじ風　そのつむじ風吹く寒い夜に
わが夫は　ひとりで寝ているのだろうか――

藤原京跡に霧が漂い曙光を浴びると、一層の静寂を感じる。

相聞とは、互いのやりとりの歌であるから、同性間の歌も異性間の歌も、ともに相聞ということになる。しかし、とりわけ多いのが男女間の歌なので、一般的には恋歌とみられているし、それは、あながち間違っているともいいがたい。

じつは本来、歌というものは宴で歌われているものだから、基本は二者の掛け合いとなる。その場合、互いをいとおしいと歌い合う。そのため古代の歌というものは、すべからく恋歌といってもよいくらいなのである。

考えてもみるがよい。嫌いな相手に歌いかけることなど、あり得ないはずだ。取り上げた歌は、離れ離れに寝ている夜、女が男のひとり寝を歌っている。寒い夜を過ごしているのではないかと、女が男を気遣っているのである。

ひと言

恋というものは、不在の相手を思う行為である。だから二人でいるときは恋とはいわないのである。

④

挽歌《ばんか》

「挽歌」は死にかかわる歌と考えてよい。妻や夫、はては伝説の主人公まで、万葉びとは歌でその死を悼んだ。

明日香村の谷間に流れる冬野川沿いに咲く山吹の花。

挽歌の原義は挽《ひ》き歌で、棺を挽くときの歌ということである。ようするに葬儀の場から墓場へと、棺を車に乗せて運ぶ時の歌である。

しかし、『万葉集』の挽歌を大まかにいえば、死にかかわる歌全般と考えておけばよい。死にかかわる歌といっても、妻や夫の死を悼む歌もあれば、宮廷社会で活躍していた人物の死に哀悼の意を示す歌もある。さらには、伝説の主人公に対する死

十市皇女《とをちのひめみこ》の薨《こう》ぜし時に、高市皇子尊《たけちのみこのみこと》の作らす歌三首〈三首目〉

山《やま》吹《ぶき》の　立ちよそひたる　山清水《やましみづ》
汲《く》みに行《ゆ》かめど　道の知らなく

〔左注省略〕
高市皇子（巻二の一五八）

山吹が　咲き乱れるところにある山清水　その山清水を　汲みに
ゆこうと思うのだが……　その道を私は知らぬのだ――

を悼むものもある。

例に示した歌は十《と》市皇女《おちのひめみこ》の死に際して、高市皇子がつくった挽歌である。中国の古典詩文では、死者の国のことを「黄泉《よみ》」というが、この歌では山吹の黄色と山清水で「黄泉」を表しているのである。

黄泉国に行って会いたいが、私はそこに行く道を知らないのだ、という歌なのである。

ひと言

歌うことによって、その悲しみを表現する。悲しみが表現されることによって癒やされる。それが歌による鎮魂である。

コラム

掃除とお茶汲みの効用

漠然と、しかもなれるか、なれないかもわからなかったが、高校生の時には歴史学の研究者になりたいと思っていた。もちろん父と母は文学部に行くことに反対したが、願書を出す頃には諦めてくれていたと思う。結局一年目は受験に失敗した。浪人後、史学科を目指すも、またも失敗。結局、日本文学科に入学することと相なった。したがって、私は歴史学崩れの国文学者ということになる。

もちろん、それは努力の至らなさの結果であり残念なことではあったが、楽天的な性分からすぐに万葉学徒になろうと思った。だから入学式の翌日には、師とするべき教授の研究室に行き、入門を申し出た。入門といっても、もっぱら研究室の掃除とお茶汲みをしていたわけだが、じつはこれが役に立った。何をどう読み、どう考えるべきか、折に触れて教えてもらえる機会を得たからである。

父はこういった。「教室の学問など、うわべだけのことだ。掃除とお茶汲みをして初めて、身に付くものもあるはずだ」と……。

column

体感する

万葉の都
飛鳥

『万葉集』の時代区分の代表的なものに、四期区分説というものがある。しかし私は、この四期区分説を学生たちには教えない。益するところが少ないと考えるからである。そもそも時代区分で歌がわかるということなど、ありえないからだ。

ならば、私はどう教えているのか。歌を四期に分けるのではなく、万葉時代の都の変遷を詳しく教えて、まず都を覚えてもらうことにしている。最初に私が教えるのはこうである。

飛鳥（五九二年から六九四年）
藤原（六九四年から七一〇年）
平城（七一〇年から七八四年）

難波や大津が都だった時代もあるのだが、そのおおよそにおいて、万葉時代の都は飛鳥京と、藤原京と、平城京と考えてよい。つまり私はどの都の時代の歌なのかわかればよいと思っているのである。

では、飛鳥とはどんな都だったのか。百済の都、扶餘《ふよ》をモデルとし、天皇の宮を中心に役所や寺院、外交使節団を歓待する施設、皇子の宮などが林立していた。新羅と戦争になって国際関係が緊張した時代で、額田王が活躍した都ということになろうか。

甘樫の丘の東から飛鳥坐神社を
中心に広がる飛鳥の里を望む。

地図 p.10,12

5 飛鳥

いまはのどかな飛鳥だが、昔は「要塞」の役割を担うべく都がつくられた。理由は、はるか朝鮮半島、新羅との緊張関係であった。

飛鳥に都が遷されたのは、五九二年のことであった。推古天皇の時代のことである。その後、舒明天皇の時代となると、天皇の居所はほぼ飛鳥に定まり、以降百年間が飛鳥の時代ということになる。

この時代こそ、真の万葉の時代のはじまりであり、額田王は飛鳥に生きた女ということになる。

さて、飛鳥を訪れた人は、その狭さに驚くのではないか。いや、訪れ

明日香宮より藤原宮に
遷居りし後に、志貴皇子の作らす歌
采女《うねめ》の　袖《そで》吹き返す　明日香風
京《みやこ》を遠み　いたづらに吹く
志貴皇子（巻一の五一）
かの昔　采女らの　袖を吹き返していた　明日香風
その明日香風は……　都が遠のいた今　むなしく吹きわたる――

て驚いてほしい。西は甘樫の丘、東は飛鳥岡に挟まれた場所である。それはこの地が、ある意味で「要塞」であることを表している。つまり、出入口を限定し、外敵の侵入を防ぐ都なのである。

新羅との緊張関係から、飛鳥は外敵の侵攻を想定した都だった。その飛鳥から、隣接の藤原に都が遷ったのは、六九四年のことであった。

ひと言

万葉の旅をするなら、まず飛鳥の万葉文化館に行きたいものだ。まさにここは、万葉の旅のコンシェルジュである。

地図 p.10,12

6 藤原京

藤原京跡の広々とした地からは、大和三山をはじめ多くの歌枕の山々が望める。

藤原京と飛鳥は地続きだが、当時の人にとっては遷都自体、とても大きな出来事であった。

取り上げた歌は、藤原宮の御井《みい》の歌の反歌である。藤原宮は東に香具山、西に畝傍山、北に耳成山を配し、南は飛鳥に向かって開け、遠くに吉野の山々を望むことができた。この藤原宮の讃歌ともいうべき歌が御井の歌である。藤原宮の井戸から、こんこんと湧き上がる清水、その水をくむ乙女たちの姿に、新しい宮を祝福する意を込めている。

飛鳥と藤原は一続きの土地である。

藤原宮の御井《みゐ》の歌
短歌

藤《ふち》原《はら》の　大《おほ》宮《みや》仕《つか》へ　生《あ》れつくや
娘子《をとめ》がともは　ともしきろかも

［左注省略］
作者未詳（巻一の五三）

藤原の　大宮に仕えんがため　この世に生まれてきた
乙女たち　その乙女たちのなんと美しいことか――

しかし、飛鳥から藤原へと都が遷ったことは、その当時の人々には衝撃的なことであった。飛鳥には百年もの間、都があったからだ。一方、碁盤の目のように仕切られた藤原の都は、当時としては、驚きの目をもって見られていたはずである。

清新なイメージで語られている藤原の都。その宮で働く乙女たちを讃えることで、宮を讃えているのである。

ひと言

飛鳥で自転車を借りて一路、香具山を目指して北上。その後に藤原宮を目指してほしい。そして大和三山を見てほしいと思う。

地図 p.10

7 香具山

藤原宮を守る東方の守り神、香具山に干された真っ白な衣——万葉びとはその風景に夏の到来を感じた。

天皇《てんわう》の御製《おほみ》歌《うた》

春過ぎて　夏来《き》るらし　白たへの
衣《ころも》干したり　天《あめ》の香《か》具《ぐ》山《やま》

持統天皇（巻一の二八）

雷丘付近からは田園風景と万葉びとも眺めたであろう香具山（右）、耳成山（左）が望める。

春が過ぎて　夏が来たらしい……　なぜならば　真っ白な
衣が干してあるではないか　あの天の香具山に――

大和三山のひとつ、天の香具山。「天の」と冠せられているので、高い山と思っている人も多いが、さにあらず。低い小山である。丘といってもよいかもしれない。しかし、この山こそ、藤原の宮を守る東方の守り神であり、掲げた名歌に歌われた山なのである。

　この歌の香具山が、飛鳥から見たものなのか、藤原から見たものなのか、には論争があるが、私は「香具山はこういう山なのだ」と歌っているので、とりたてて詠んだ場所を特定する必要はないと考えている。つまり、真っ白な衣が干してあれば夏の到来を感じさせる山が香具山である、と考えておけばよいと思う。当時の人々は、白い衣が干してある香具山を見て、夏の到来を感じたのである。現代人がショーウインドーの水着を見て、夏の到来に思いをはせるように。

ひと言

もちろん登ることができる。ゆっくりと登っても二〇分で頂上である。『万葉集』を学ぶ者が最初に登りたいと思うのが、この山である。

地図 p.10

8 耳《みみ》成《なし》山《やま》（耳梨山）

大和三山のひとつである耳成山は妻争いの伝説の舞台でもある。この三角関係については諸説あり悩ましい。

中大兄《なかのおほえ》［近江宮《あふみのみや》に天《あめ》の下治《したをさ》めたまひし天皇］の三山《みつやま》の歌一首
〈第一反歌〉

香具山と　耳《みみ》梨《なし》山《やま》と　あひし時
立ちて見に来《こ》し　印南《いなみ》国《くに》原《はら》

中大兄皇子（巻一の十四）

香具山と　耳成山とが　いさかいをしたその時……
（阿菩の大神が）わざわざ立って見に来た　印南国原だ、
いまぞ見るこの地こそ！

藤原京跡から眺める三角形の耳成山が美しい。

耳成山も香具山と同じく小山ではあるが、その稜線は左右対称の三角形で美しい。一方、西の畝傍山は山が大きい印象がある。さて、耳成山と香具山、畝傍山には三山妻争いの伝説がある。しかし三角関係がどのような関係であったかには諸説があって、万葉学徒がこの四〇〇年来、頭を痛めてきた問題である。

一説をあげれば、女である香具山が男である畝傍山を雄々しく思って、女である耳成山と争った、となるが、男である香具山が女である畝傍山をいとおしく思って、男である耳成山と争った、とする説もある。

例にあげた歌は、長歌に続く第一反歌である。この妻争いの際、その仲裁に阿《あ》菩大神《ぼのおおかみ》という神が入ろうとして印南国原（現在の兵庫県加古川市・明石市一帯）にやってきた時に、争いがやんだという言い伝えがあって、こう歌ったのである。

ひと言

耳成山へは近鉄耳成駅が近い。まるで海中に浮かぶ小島のような山である。平野にぽつんとある、その姿を初めて見たときは、あっけにとられたものだ。

地図 p.10

9 畝《うね》傍《び》山《やま》

甘樫の丘より夕焼けに輝く畝傍山を望む。

後先のことを考えずに女をわが物にしてしまった——。畝傍山に仮託して、男が困った状況を歌っている。

　畝傍山は、藤原側から見るのと、飛鳥側から見るのとでは、その山の姿がまるで違う。飛鳥側から見ると山裾が広く見え、藤原側から見ると、おにぎり型に見える。

　枕詞「玉だすき」は、「畝傍」の「畝」にかかる枕詞である。たすきをうなじにかけることから、同じ音の「畝《うね》」にかかる。

　掲げた歌は、自らの恋心の激しさに、後先も顧みないで女を我がもの

思ひ余《あま》り　いたもすべなみ
玉だすき　畝傍《うねび》の山に　我《あれ》標《しめ》結《ゆ》ひつ

作者未詳（巻七の一三三五）

あの子への思いを　どうすることもできず
（玉だすき）畝傍の山に　私はついに標をしてしまったのだ
（ちぎりを結べば大変なことになるとわかっていたのになぁ）

としてしまった男の歌である。「標《しめ》」とは、今日の注連縄《しめなわ》と同じで、神域や領有を表すものである。つまり、標を結うことは、我《わ》がものにすることを示す。ところが、そうなると困った事態となってしまうのであろう。具体的にいえば、権力者の娘だったり、敵対する側の娘だったということである。男は、ほとほと困り果ててのことであろう。

ひと言

畝傍御陵前で下車すると、奈良県立橿原考古学研究所附属博物館を見ることができる。ここで大和の超一級の考古遺物を見ることができる。

地図 p.10

⑩ 大和三山妻争い

神代も万葉びとも現代人も、愛して人を傷つける。大和三山争いを題材に、人間の業を歌っている。

中大兄《なかのおほえ》［近江宮《あふみのみや》に天《あめ》の下治《したをさ》めたまひし天皇］の三山《みつやま》の歌一首

香《か》具《ぐ》山《やま》は　畝《うね》傍《び》ををしと　耳《みみ》梨《なし》と
相《あひ》争《あらそ》ひき　神《かみ》代《よ》より　かくにあるら
し　古《いにしへ》も　然《しか》にあれこそ　うつせみ
も　妻を　争ふらしき

中大兄皇子（巻一の一三）

香具山は　畝傍山を横取りされるのが惜しいと　耳成山と
争った……　神代からこうなので　いにしえもそうだった
いまの世も妻を争うらしい（まして、自分も）

穴師山付近から大和盆地に
広がる大和三山が望める。

大和三山妻争い伝説における三山の性別については、前に述べたように決着がついていない。では、この歌のいわんとするところは、どこにあるのだろうか。

神代《かみよ》・古《いにしえ》・うつせみ、といった時代区分がある。「うつせみ」は現実の、現在の、いまを生きる人間の、という意味だから、妻争いについてはいまも昔も変わりがない、という点にこの歌の主眼は置かれている。

神代においても妻と争っていたし、古もそうであった、だから現在もそうなのだ、ということである。

人は人を愛するが故に人と争い、時に人を傷つけてしまう。そういう人間の持つ業のようなものを、この歌は訴えている。わかりやすくいえば、三角関係はいまも昔も変わらないということだ。

よく三山妻争いは、額田王（女）をめぐる大海人皇子《おおあまのみこ》（後の天武天皇）、中大兄皇子（後の天智天皇）の三角関係を歌った作であると説明される。

しかしこれは、俗説である。古代における恋愛関係は、単純ではない。それにこの歌は、あくまで三山の伝説を歌った歌である。

ただし、次のことはいえる。歌の趣旨は、妻争いはいまも昔も変わらないとい

JR王寺駅付近より大和三山がよく見える明神山を望む。

うところにあるわけだから、額田王、大海人皇子、中大兄皇子も、そのなかに含まれることは間違いない。だからといって、中大兄が、自らの苦しみを歌に託したと考えるのは誤りである。
むしろ、人の人たるものは、すべて恋の悩みのうちにあって、その悩みのなかで死してゆく動物なのだ、というくらいのメッセージがこの歌にはあると、私は思っている。

ひと言

奈良県王寺町に明神山がある。ＪＲ・近鉄王寺駅からバス、麓から約三〇分で山頂に到着する。三山はもとより、晴れれば明石海峡大橋も見ることができる。

地図 p.12

11 三《み》輪《わ》山

代表的な万葉歌人、額田王が近江に下る時の歌。三輪山がいかに万葉びとに信仰されていたかがわかる。

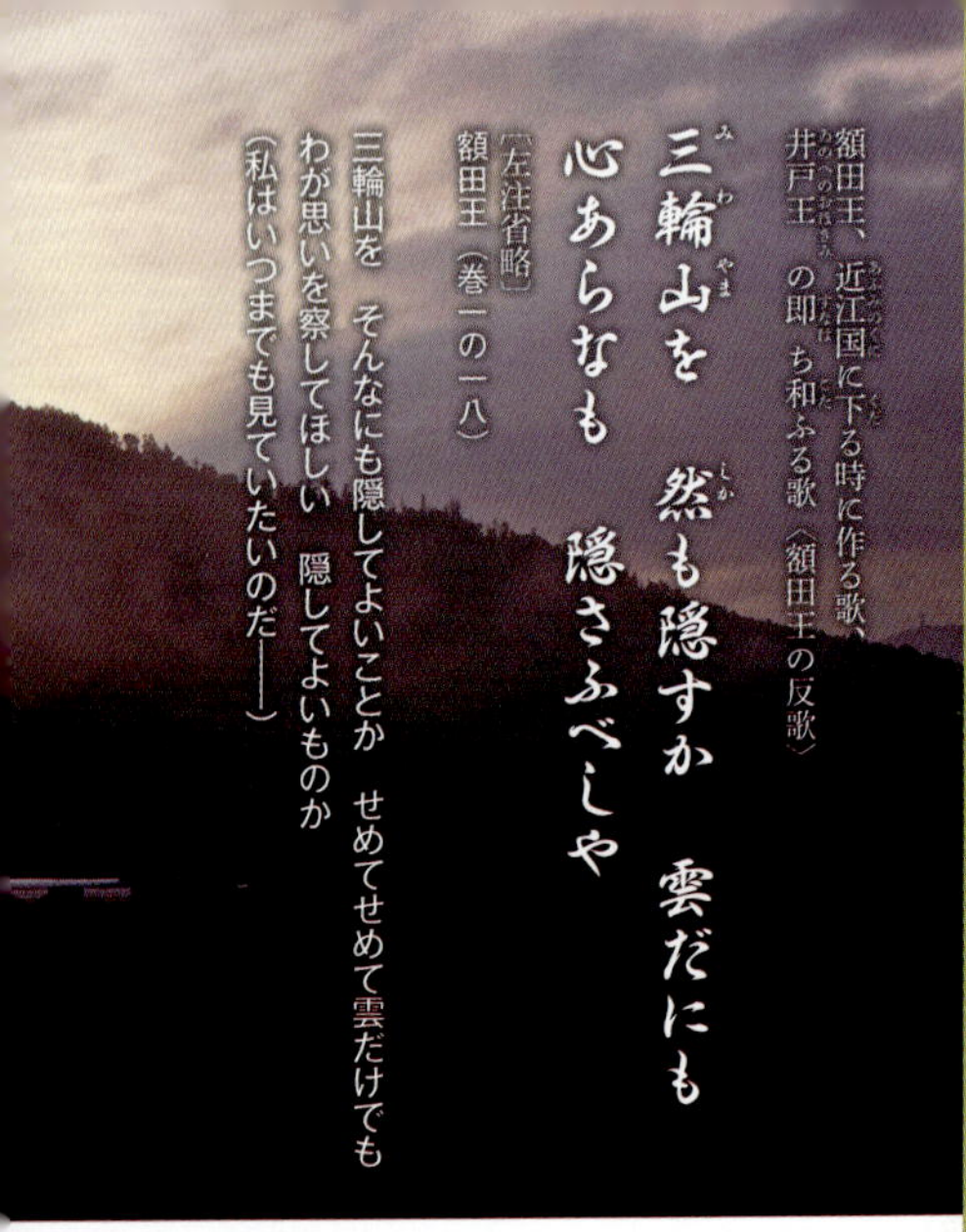

額田王、近江国《あふみのくに》に下《くだ》る時に作る歌、井戸王《ゐのへのおほきみ》の即《すなは》ち和《こた》ふる歌〈額田王の反歌〉

三《み》輪《わ》山《やま》を　然《しか》も隠すか　雲だにも
心あらなも　隠さふべしや

〔左注省略〕
額田王（巻一の一八）

三輪山を　そんなにも隠してよいことか　せめてせめて雲だけでも
わが思いを察してほしい　隠してよいものか
（私はいつまでも見ていたいのだ――）

日本の宗教は多神教で、自然崇拝がその中心であるが、その崇拝の典型は山岳信仰であるということができる。では、山岳信仰の中の、山そのものを崇拝の対象とするタイプで、文献上、最も古いものは何かといえば、三輪山ということができよう。

額田王は住み慣れた大和の地を離れるに当たり、雲よ、どいてほしい、私は三輪山を見て、近江国に行きたいのだと歌ったのであった。それは

景行天皇陵付近からの朝の眺めは三輪山の神々しさを一層感じさせてくれる。

三輪山が、大和を代表する山だったからであろう。そして神の山といえば、三輪山だったのである。

誰にでも忘れられない風景というものがある。故郷の山や川が、その代表であろう。雲よ、どいて三輪山を見せてくれ、といったところで、どいてくれるはずもないのだが、そう歌わざるを得ないところに、この歌の主眼とするところがある。

ひと言

三輪山に登るためには、狭井《さい》神社に行かなければならない。山に登ることも宗教行為だから、これを「ご登拝」という。

地図 p.10

12

飛鳥寺

飛鳥寺は五九六年に蘇我馬子が創建した日本最古の本格寺院である。その眼前に広がるのが、いまは田園地帯が広がる真神 原《まかみのはら》である。

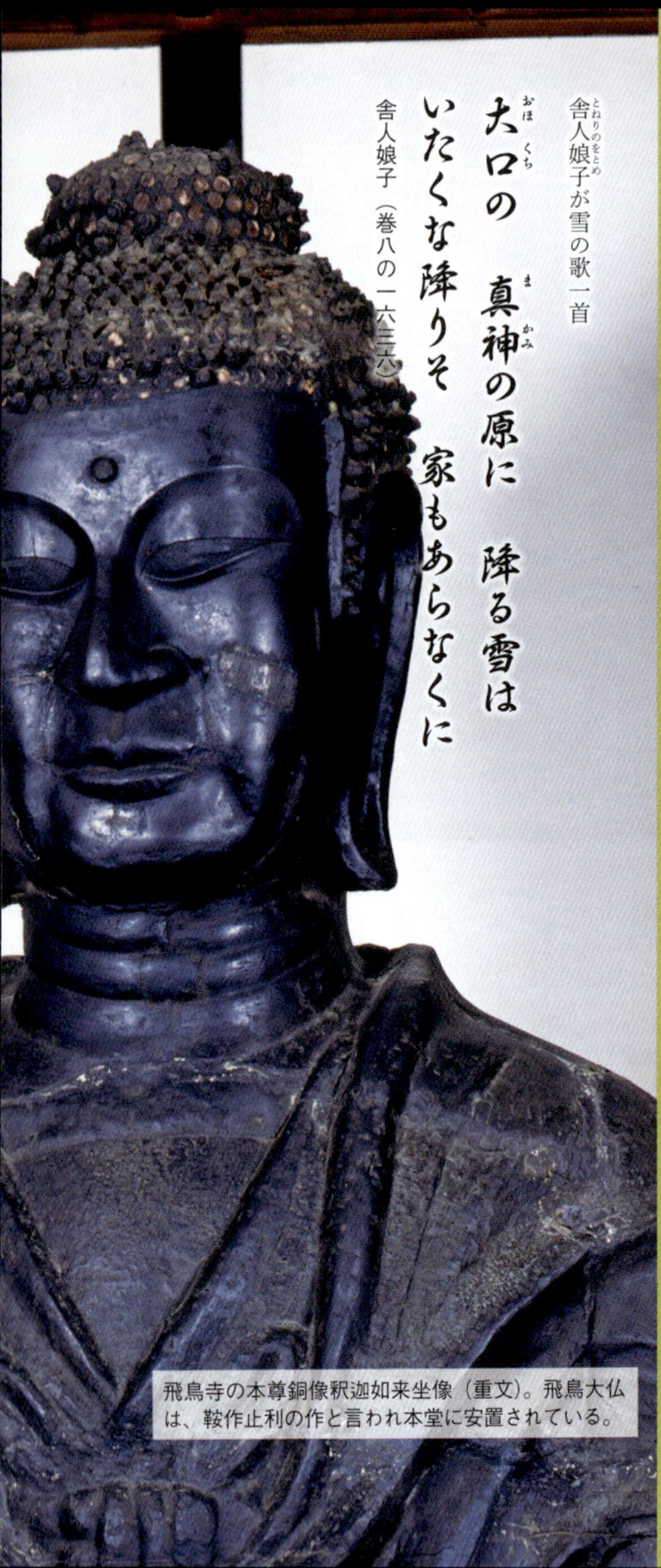

舎人娘子《とねりのをとめ》が雪の歌一首

大《おほ》口《くち》の　真《ま》神《かみ》の原に　降る雪は
いたくな降りそ　家もあらなくに

舎人娘子（巻八の一六三六）

飛鳥寺の本尊銅像釈迦如来坐像（重文）。飛鳥大仏は、鞍作止利の作と言われ本堂に安置されている。

（大口の）真神の原に　降り続く雪たちよ
たいそう降らないでおくれよ——駆け込む家もないのだから

飛鳥を旅する時には、飛鳥寺から南を望んでほしい。そこに広がる野原が真神《まかみ》の原《はら》である。飛鳥を旅する時には、橘寺から北を望んでほしい。そこが真神の原である。つまり、飛鳥の都といえば真神の原にあったことになる。

「家もあらなくに」とは「家もないのだから」という意味だが、まったく家がないということではなかろう。雪が降りやむまで雨宿りならぬ、雪宿りができる家がないということである。つまり心の中にある寂しさが歌われているのである。

飛鳥寺の塔の心礎を見ると、ここぞがまさしく、日本仏教のはじまりの地だと私は感慨にふける。そして飛鳥寺の大仏を見るのである。蘇我氏は飛鳥を開墾し、氏寺をつくり、そこに都を誘致したのであった。

ひと言

飛鳥寺の塔の心礎から出た仏舎利とその容器は、飛鳥資料館で見ることができる。釈迦の骨である仏舎利信仰が、初期の仏教の中心だった。

地図 p.10

⑬ 橘《たちばな》寺《でら》

聖徳太子が誕生し、創建した橘寺の長屋で共寝した女性を歌う。破廉恥であっけらかんとした歌の妙を味わおう。

聖徳太子生誕の地として伝えられ、境内には善悪を表すという２つの顔をもつ二面石もある。

古代社会における寺とは、今日でいえば大学である。多くの僧侶が寄宿して仏道修行に励んでいた。このような修行僧を寄宿させるために、長屋が建てられたのである。長屋とは読んで字のごとく、長い建物ということである。人ひとりが寝起きできればよいのだから、長方形の建物をつくるわけである。

　そのような寺の長屋に、成人前の女を連れ込んで共寝をするなどとは

古歌に曰《いわ》く

橘《たちばな》の　寺の長屋に　我《わ》が率《ゐ》寝《ね》し
童女《うなゐ》放《はな》りは　髪《かみ》上《あ》げつらむか

作者未詳（巻十六の三八二二）
［左注省略］

橘のね　あの寺の長屋にね　俺っちが連れ込んで寝ちまった
垂らし髪のあの子は　もう髪を結い上げて人妻になっちまったのかねえ……

あってはならないことだが、それゆえに古歌《こか》として、もてはやされたのであろう。はやり歌というものは、破廉恥であればあるほどはやるものである。

悪びれもせずに共寝をしたあの子はいまごろ、どうしているのだろうかと、あっけらかんと歌っているところが、この歌の妙というものである。

ひと言

橘寺は聖徳太子生誕の地であり、大和における聖徳太子信仰の中心地である。聖徳太子こそ日本に仏教を広めた祖師ということができる。

地図 p.10

14

川原寺

川原寺の仏堂の裏の琴に書かれていたとされる、人生のはかなさを歌った歌。

世間《よのなか》の無常を厭《いと》ふ歌二首〈二首目〉

生死《いきしに》の　二つの海を　厭はしみ
潮干《しほひ》の山を　偲《しの》ひつるかも

右の歌二首、河原寺《かはらでら》の仏堂の裏《うち》に、倭琴《やまとごと》の面《おもて》に在り〈二首目左注〉
作者未詳（巻十六の三八四九）

生死の　ふたつの海を行き交う　厭わしさ――その厭わしさに
潮干の山を　いとおしく感じてしまう　今日この頃なのだ……

菜の花が咲き乱れる陽春の川原寺門前。

川原寺の川原とは、飛鳥川の川原ということ。その川原に建てられたのが川原寺である。天武朝においては、さまざまな国家的仏教行事が行なわれた寺であり、だから飛鳥仏教の中心地といってよい。橘寺と道路を挟んだ北側にあった。

「生死《いきしに》の　二つの海」とは、無限に輪廻転生を繰り返す人間界のことをいっている。生と死とが無限に繰り返される人間界は、決して安住の地にはならない。したがって、人は潮の満ちひきに例えられる海ではなく、山を憧憬する。「潮干の山」とは、輪廻転生のない彼岸のことである。

仏教は世の無常を教える宗教であるが、その無常を脱却するための法を説く宗教でもある。このような歌が、川原寺にも伝わっていたのである。

ひと言

川原寺の裏山遺跡から出土した塼《せん》仏はインド風である。これは初唐期に中国で流行していた形が、日本に伝来したものと考えられている。

飛鳥寺から見た甘樫の丘の夕景。

地図 p.10

15 甘《あま》樫《かし》の丘《おか》（甘樫の岡）

明日香川が周囲を流れる眺望のよい甘樫の丘。そこにあった尼寺の私房で萩が散るのを惜しんだ歌である。

甘樫の丘は飛鳥時代、蘇我氏の邸宅があった場所であり、盟神探湯《くかたち》と呼ばれる神聖裁判が行なわれた場所でもあった。と同時に、西側からの敵の侵入を防ぐ要塞でもあった。要塞になるくらいの丘だから、甘樫丘からの眺望は極めて良い。

　東を望めば、飛鳥から三輪山まで一望できるし、西を望めば、畝傍山と二上山がよく見える。そして南から北へと流れる飛鳥川の流れも、よ

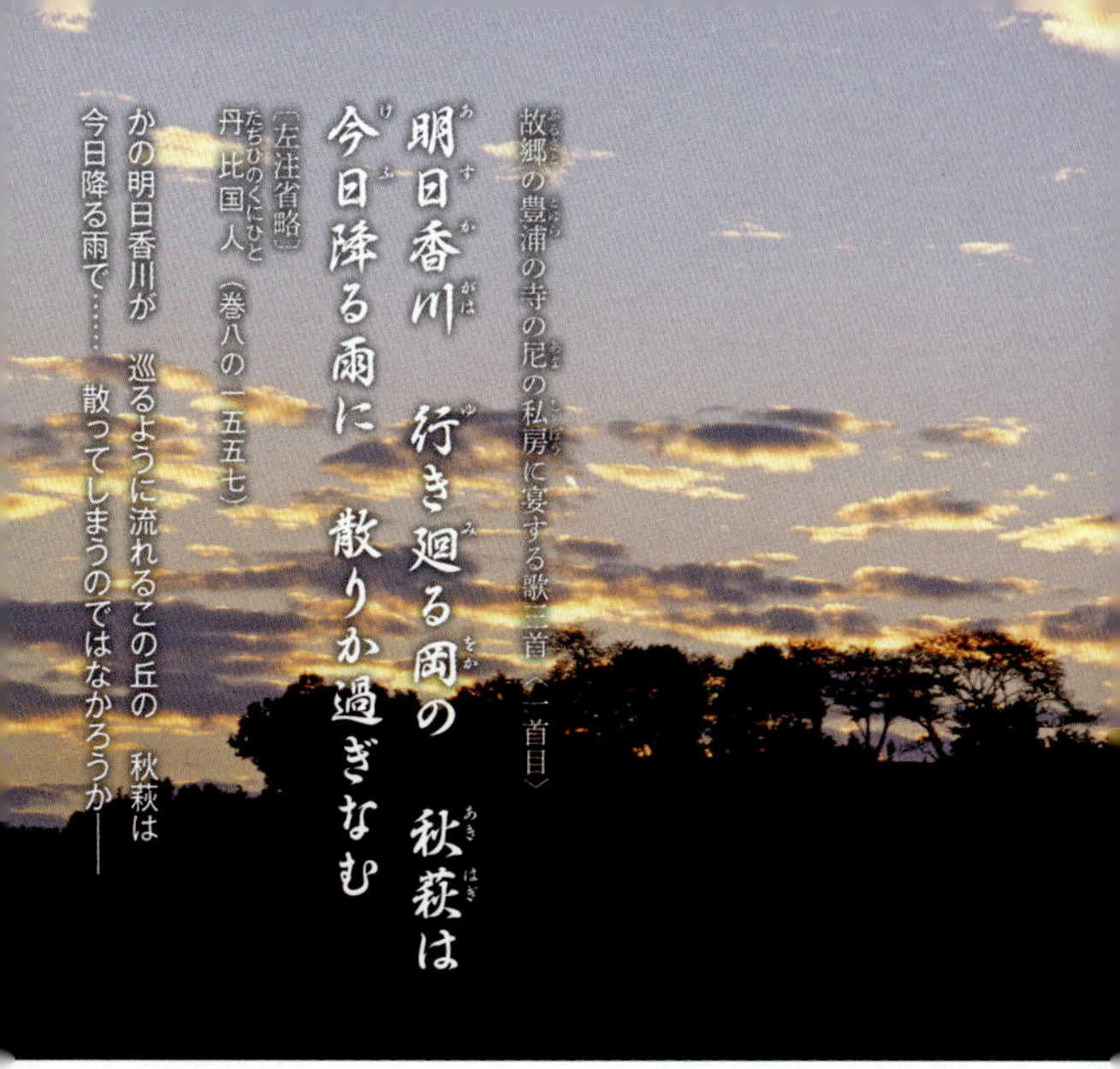

故郷の豊浦の寺の尼の私房に宴する歌二首〈一首目〉

明日香川《あすかがは》　行《ゆ》き廻《み》る岡《をか》の　秋萩《あきはぎ》は
今日《けふ》降る雨に　散りか過ぎなむ

〔左注省略〕
丹比国人《たぢひのくにひと》（巻八の一五五七）

かの明日香川が　巡るように流れるこの丘の　秋萩は
今日降る雨で……　散ってしまうのではなかろうか——

く見ることができる。

明日香川（飛鳥川）の「行き廻る岡」とは、甘樫の丘を巡るように流れている川の様子を、よく表している表現である。

さて、尼寺の私房、すなわち個人の一室での宴とは、何だか不謹慎な感じもするが、いずれにしても一同は、雨の外を見渡して萩の散るのを惜しんでいたのである。

ひと言

健脚なら二〇分もあれば登ることができる。コースも整備されていて楽しい道となっている。

地図 p.10

16

飛鳥川（明日香川）

万葉びとにとって、飛鳥川は生活に密着した川であった。それを渡って明日、女性に会いに行くよ、と歌っている。

明日香川《あすかがは》　明日《あす》も渡らむ　石橋《いしばし》の
遠《とほ》き心は　思ほえぬかも

作者未詳（巻十一の二七〇一）

明日香川はね　明日でも渡りますよ　石橋のようにね
遠い遠い心で　君を思っているわけではない
（愛していますよ　ホントウに）

飛鳥川も稲渕あたりまで来ると流れも穏やかになってくる。

飛鳥川といえば「無常の川」といわれているが、それは平安朝以降のことである。そういわれるのは、観念的なものの見方であって、飛鳥川が身近な生活の川であった飛鳥、奈良時代においては、そのような観念はなかった。

この歌は、「明日香川」の名のとおりに「明日にでも渡りましょう」という意味、つまり「早く会いに行きます」と伝えている。男は女の家に久しく行かず、待ちくたびれた女から、早く来てほしいという歌が贈られてきたのであろう。慌てた男が、浮気をしているわけではないのだ、明日は必ず行くよ、と歌を返したのである。もちろん以上は推測だが、そういう状況の中で歌われたであろうことに間違いはない。

訳文は蛇足を付けて「愛していますよ、ホントウに」と付け加えた。

ひと言

飛鳥川の水は下流の人々の飲み水であったので、天武天皇の時代、その上流の山の木を伐採してはならない、という禁令も出ていたほどである。

万葉の都
平城京

『万葉集』は広くいえば、大和国に都があった時代の文学である。一方、『古今和歌集』や『源氏物語』は、山城国に都があった時代の文学ということができる。大和国にある都とは、飛鳥・藤原・奈良の都のことである。

平城京では、唐の長安と同じ都市モデルが採用された。さまざまな推定がなされているが、約一〇万人が住まう都で、『万葉集』は編纂《へんさん》されたのである。したがって歌の数からいえば、平城京時代の歌が圧倒的に多い。

私はかつて、こんなことを書いたことがある。

大極殿は、国会議事堂
朝堂院は、霞が関の官庁街
朱雀門は、皇居前広場
佐紀・佐保は高級住宅地
春日野は、休日を楽しむ行楽地
男と女が出会う歌垣の場は、大阪難波の引っ掛け橋
そして古都である飛鳥は、永遠のふるさと……

(『万葉びとの生活空間——歌・庭園・くらし——』二〇〇〇年、塙書房)

平城京を知ることは、『万葉集』を知るということに他ならない。

地図 p.11,12

17 平城京

平城京と聞いて、最初にこの歌を思い出す人も多いだろう。しかし、この歌は平城京で歌われたわけではない。

大宰少弐《だざいのせうに》小野《をのの》老《おゆ》朝臣《あそみ》の歌一首

あをによし　奈良《なら》の都は　咲く花の
薫《にほ》ふがごとく　今盛りなり

小野老（巻三の三二八）

（あをによし）奈良の都は……　咲く花が照り輝くように　いま真っ盛り！

平城京讃歌として広く知られている有名な歌である。ただし、この歌が詠まれたのは平城京ではない。遠く離れた筑紫の地である。つまり作者は、遠く離れた土地から、故郷である平城京を思い出してつくったのである。

いま住んでいる土地ではない、ということは重要である。というのは、胸の内にある平城京が美化されることで、このような歌がつくられたか

平城京跡には朱雀門、東院庭園、大極殿と次々と復原された。春には桜、秋にはススキが生い茂る。

らである。

「咲く花が薫ふがごとく」とは、咲き乱れる花が照り輝くようにということ。そのように都が栄えていると歌っているのである。

古今東西の名歌を見るに、名歌というものは無駄と無理がない。讃えるべき対象に対して、花の例えで直接的にほめ讃えるこの歌には、無理がないのである。

ひと言

平城宮の南門である朱雀門に立って、その在りし日を想起してほしいと思う。しかしそれは理想化された、心の中にある風景であるということを忘れてはならない。

地図 p.11

18 平城山（奈良山）

笠女郎は大伴家持と恋歌を交し合った。平城山で、どうすることもできない現状を嘆いている。

平城京から平城山を越えて山城国へ。朝霧の向こうから古代人が歩いてきそうな風景である。

藤原の宮と同様に、平城の宮にも「三山」があった。藤原の宮の三山が東の香具山、西の畝傍山、北の耳成山に対して、平城の宮の三山は、東の春日山、西の生駒山、北の平城山（奈良山）である。

この平城山を北に越えると山城国に入る。つまり北の国境の山が平城山で、これを越えてしまうとよほどの高台に登らない限り、大和の山々を望むことはできない。だから額田

笠女郎《かさのいらつめ》が大伴宿禰《おほとものすくね》家持《やかもち》に贈る歌二十四首〈七首目〉

君に恋ひ　いたもすべなみ
奈《な》良《ら》山《やま》の　小松が下《もと》に
立ち嘆くかも

笠女郎（巻四の五九三）

あなたに逢いたくて逢いたくて　どうにもならないこの私は……
奈良山の　小松のもとに　立って嘆くばかり

王も平城山に立って大和を望んで、雲よ、どいてほしい、私は三輪山を見たいのだと歌った。

この歌は、大伴家持と熱烈な恋歌を交わし合った笠郎女の歌である。しかし、この恋は破綻した。「いたもすべなみ」の「すべ」とは、方法のことであるから、「すべがない」「どうすることもできない」ことをいう。彼女は平城山の小松の下で、家持を思い、立ち嘆いていたのであった。

ひと言

歌姫越え、奈良坂越えなどの道がある。山といっても坂道を歩いているうちに、いつの間にか通り過ぎてしまうような山である。

この一帯を春日野の飛火野と呼ぶ。鹿が芝を食む爽やかな朝。

地図 p.11

19 春日野

春日野は、現在の春日大社のある一帯を指す。「粟」は「逢ふ」とかけており、女性に会いにいけない理由を歌っている。

焼き畑農耕の場合、耕作地は時々に変わる。それは特定の原や山を焼き払い、その灰を肥料として作物を育てるからである。しかし、四年も耕作していると、土地の栄養分がなくなって地力がなくなるので、別の地を焼き払うことになる。

しかし、自由に原や山を焼き払えるというわけではない。神の社があれば、勝手に焼き払うことなどできやしない。

佐伯宿禰赤麻呂《ろ》が更に贈《おく》る歌一首

春日野《かすがの》に　粟《あは》蒔《ま》けりせば　鹿《しし》待ちに
継《つ》ぎて行《い》かましを　社《やしろ》し恨《うら》めし

佐伯赤麻呂（巻三の四〇五）

春日野にね　粟を蒔いてあったらだよ　その粟目当てにやって来る鹿を待ち伏せに……　春日野のおまえさんの家に毎日毎日通うけど　社が邪魔で行けないから癪なんだよ
（見張りがいるからデートもできないよ――）

この歌の「粟」であるが、これは「逢ふ」と掛かっている。だとすると、この歌はどのような意味を持つのであろうか。

もし春日野に粟が撒いてあったならば、そこにやってくる獣を撃退する名目で春日野に行ってお前に会えるのだが、社があるので粟を撒くことはできない、だから会えないのだよ。そのように女性に会いにいけない理由を歌っているのである。

ひと言

御蓋山の麓に広がる野こそ、春日野である。この地は平城京の東の郊外に当たり、遊覧の地であった。春日野を歩けば、鹿と戯れることができる。

地図 p.11,12

20 高《たか》円《まど》

万葉びとは春日山の南にある高円山で四季を楽しんだ。この歌はそこに咲く桜を心配して歌っている。

高円山西麓には聖武天皇の離宮があった。白毫寺付近から望む眺めも良い。

今日、「しくしく」といえば、泣くことにしか使用しないが、少なくとも奈良時代までは、雨の降る様子を描写するときにも使った。掲げた歌のように、春雨が「しくしく」降ると歌ったのである。

作者は、しくしく降る雨を見ながら、高円山の桜が散ってしまうことを気に掛けていたのである。

花に嵐はつきもので、雨が降れば桜の花は散ってしまう。しかし、人

河辺朝臣《かはへのあそみ》東人《あづまと》の歌一首

春《はる》雨《さめ》の　しくしく降るに
高《たか》円《まと》の　山の桜は　いかにかあるらむ

河辺東人（巻八の一四四〇）

春雨が　しきりにしきりに降りつづくいま――
高円の　山の桜は……　いったいどうなっているのかなぁ

それぞれに散ってほしくない桜もあるようである。それはひとつの思い入れであろう。特定の場所や特定の桜の木に対して、何かの思い出があり、その桜を見たいと思っているのである。

ただ残念なことに、なぜ作者が高円山の桜に思い入れがあるのか、語られてはいない。

不明である。永遠の不明である。

ひと言

春の春日野は新緑も美しく、素晴らしい。春日野から高円山にかけての桜も、また良い。

地図 p.11

21

元《がん》興《ごう》寺《じ》

世界遺産となっている元興寺は、飛鳥寺が平城遷都に伴い現在のならまちに移建されたもの。その変遷を歌った一首である。

大伴坂上郎女《おほとものさかのうへのいらつめ》、元興寺《ぐわんごうじ》の里を詠《よ》む歌一首

故郷《ふるさと》の　明日香《あすか》はあれど　あをによし　奈良の明日香を　見《み》らくし良《よ》しも

大伴坂上郎女（巻六の九九二）

故郷の　明日香は明日香でよいのだけれど……（あをによし）奈良の明日香を　見るのもまたよい——

元興寺（本堂）を禅堂の尾根瓦の一部は
飛鳥時代の行基葺きの瓦が葺かれている。

住めば都という言葉がある。たしかに、縁のない土地に住んだ当座は戸惑いもあり、以前住んでいた土地を懐かしく感じてしまう。が、しかし、しばらくするといま住んでいる土地に対する愛着も湧いてくる。いま、住んでいるところが一番になるのだ。

元興寺は、飛鳥寺が移建されて建てられた寺である。したがって、飛鳥にあった建物をいま、見ることができるというわけである。作者はその少女期を藤原で過ごしているはずだから、飛鳥で飛鳥寺をよく見ていたはずである。しかし、七一〇年に都は平城京に移ってしまった。

その上で作者は、故郷である飛鳥は飛鳥でよいけれども、いまとなっては飛鳥寺の建物が移建された平城京の飛鳥を見るのもよいものだ、と歌っているのである。まさに住めば都である。

ひと言

私はならまちを歩くのが好きだ。ことに元興寺界隈が好きである。生活の息づかいがあって、昭和の息遣いを感ずることができる。

地図 p.11

22 佐《さ》紀《き》

高級住宅地だった佐紀の宮殿を訪れた志貴皇子を長皇子がもてなした歌。解釈が分かれる部分がある。

長《ながのみ》皇子《こ》と志貴《しきのみ》皇子《こ》と、佐紀宮《さきのみや》にして倶《とも》に宴《えん》する歌

秋さらば　今も見るごと　妻恋《つまご》ひに
鹿《か》鳴かむ山そ　高野原《たかのはら》の上《うへ》

［左注省略］
長皇子（巻一の八四）

秋がやって来るとね　私がね　いまありありと思い浮かべている
ように……　妻を恋しく思って　鹿が鳴く山ですよね
この高野原のあたりはね

平城京の北の、平城山丘陵の東地域が佐保で、西地域が佐紀である。この佐紀の地は、いわば高級別荘地であった。その高級別荘地に長皇子の宮殿もあったのだろう。長皇子の宮に訪れた志貴皇子を、主人の長皇子がもてなし、二人で宴を催したのである。

　さて、この歌の解釈は難しい。「秋さらば」は、秋がやってくるとの意味なのだが、秋に宴が催されていて、このように鹿の鳴き声が聞こえると歌っているのか、それとも、秋以外の春・夏・冬に宴が催されていたから、秋がやってくるとこのように聞こえると歌われたのか。その解釈が分かれるのである。

　鹿の鳴き声を聞くのは君子の営みとされており、君子の公有する館を明治時代に鹿鳴館と名付けたのは、このことに由来しているのである。

ひと言

奈良の旅には懐中電灯が必需品である。春日野の森は夕暮れも早く、街灯も少ないからである。ことに鹿の鳴き声を聞くためには。

平城京と磐之媛命陵の間にある水上池。朝早くには水鳥が遊泳し白鳥も羽を休める長閑な風景。

大和まほろばところ

「まほろば」とは、良い土地という意味である。「大和は国のまほろば」といえば、大和は国の良いところということになる。

この場合の大和とは奈良の盆地と、盆地を取り囲む山々のことである。この山々が青垣山である。青垣山の中にこもっている、すなわち、四方を巡る青垣山の内側にある地が「まほろば」と考えてよい。

この章では、まほろばと青垣山の各地について見ていくことにする。『万葉集』は、ある意味においては、盆地生活者の文学ということができる。盆地の内側には強い親近感を持っているが、盆地の外に出ると不安を感じる人々であった。だから盆地を離れる際には、三輪山をよく見ておきたい、雲よ、どいてほしい、と歌うのである。

一方、山と山とのあいだの谷や渓谷を通じて、難波・河内・山城・伊勢・紀伊などの諸国との往来が行なわれ、生駒・竜田・二上山をはじめとする諸地域は、交通の要衝でもあった。

とりあげた歌々を吟味すれば、私のいう盆地生活者の文学という言い方を、よく理解してもらえることと思う。

地図 p.12

23 斑鳩《いかるが》

『万葉集』で唯一、斑鳩について歌っており、恋人のよくないうわさについて悩む内容。

斑鳩《いかるが》の 因《よる》可《か》の池の 宜《よろ》しくも
君を言はねば 思ひそ我《あ》がする

作者未詳（巻十二の三〇二〇）

斑鳩の 因可の池ではないけれど…… よろしいように
あなたを皆がいわないので…… 私は思い悩んでしまいます
（あぁ、ダメ男を恋してしまったわ）

斑鳩の地には法隆寺もあり、古くから開けた土地であったが、『万葉集』に載っているのは一首だけである。その理由はよくわからないが、たとえ一首でも斑鳩を詠み込んだ歌が伝わっていることは、ありがたいことである。

斑鳩には因可《よるか》の池という池があり、その名前が当時は有名だったようだ。掲げた歌は「因可」と「よろしく」を掛けている。つまり「因可の池」

斑鳩の里の３つの塔は、長閑な田園風景と共に魅力的である。春はレンゲ、菜の花、秋は柿、ススキなどで彩り豊かである。

ではないけれど、世間の人は自分の恋人のことをよろしくいわないので困っているというのである。

うわさというものは、困ったことに事実を含むこともあるので、その人物の評価を左右することもある。母親などに結婚を認めさせる場合、悪いうわさがあると良くない、このような娘の思いを伝えている歌である。

ひと言

法隆寺こそ、近代日本美術史の発祥の地ということができる。この法隆寺の仏たちを通じて、彫刻が構想されたという側面があるからだ。

地図 p.12

24 生駒

大和と難波のあいだの巨大な壁のような生駒山。そのあたりに住む恋人を思って女が歌っている。その深さが偲ばれる。

君があたり　見つつも居《を》らむ
生《い》駒《こま》山《やま》　雲なたなびき
雨は降るとも

作者未詳（巻十二の三〇三二）

君のいるあたりを　ずっとずっと見ていよう……
生駒山に　雲よかかるなよ　雨は降ってもさぁ

平城京から難波に出るなら、一直線に生駒山を越えていくのがよい。これが日下《くさか》の直越《ただこえ》という道である。しかし、この道は最短ではあるけれども、急峻な山道を登る必要がある。そこで体力に自信のないものや大量の物資を運ぶ場合は、南下して竜田から河内に入り、再び北上して難波へと行く。これが竜田《たつた》越《ごえ》である。こう考えると生駒山は、大和と難波のあいだに立ちはだかる巨大な壁とい

奈良から難波にでる「生駒越え」は難所である。今も少しばかり残る石畳みの暗峠を越える難波の道。

うこともできよう。
掲げた歌で作者は、君の家のあるあたりをずっと見ていようと思っている、ところが雲が掛かってしまうと、見ることができないから困るというのである。しかも、雨ならば降ってよいというのである。雨には雲が伴うはずなのだが、そういう無理をわざというところに、女の思いの深さを垣間見ることができる。

ひと言
生駒山からは大和盆地と大阪平野の両方を見ることができる。万葉びとたちが、どのような思いで日下の直越を登っていったのか、思いをはせたいものだ。

地図 p.12

25 竜田

大和盆地最大の切れ目で巨大な渓谷である竜田。その風の神である竜田彦に願った歌である。

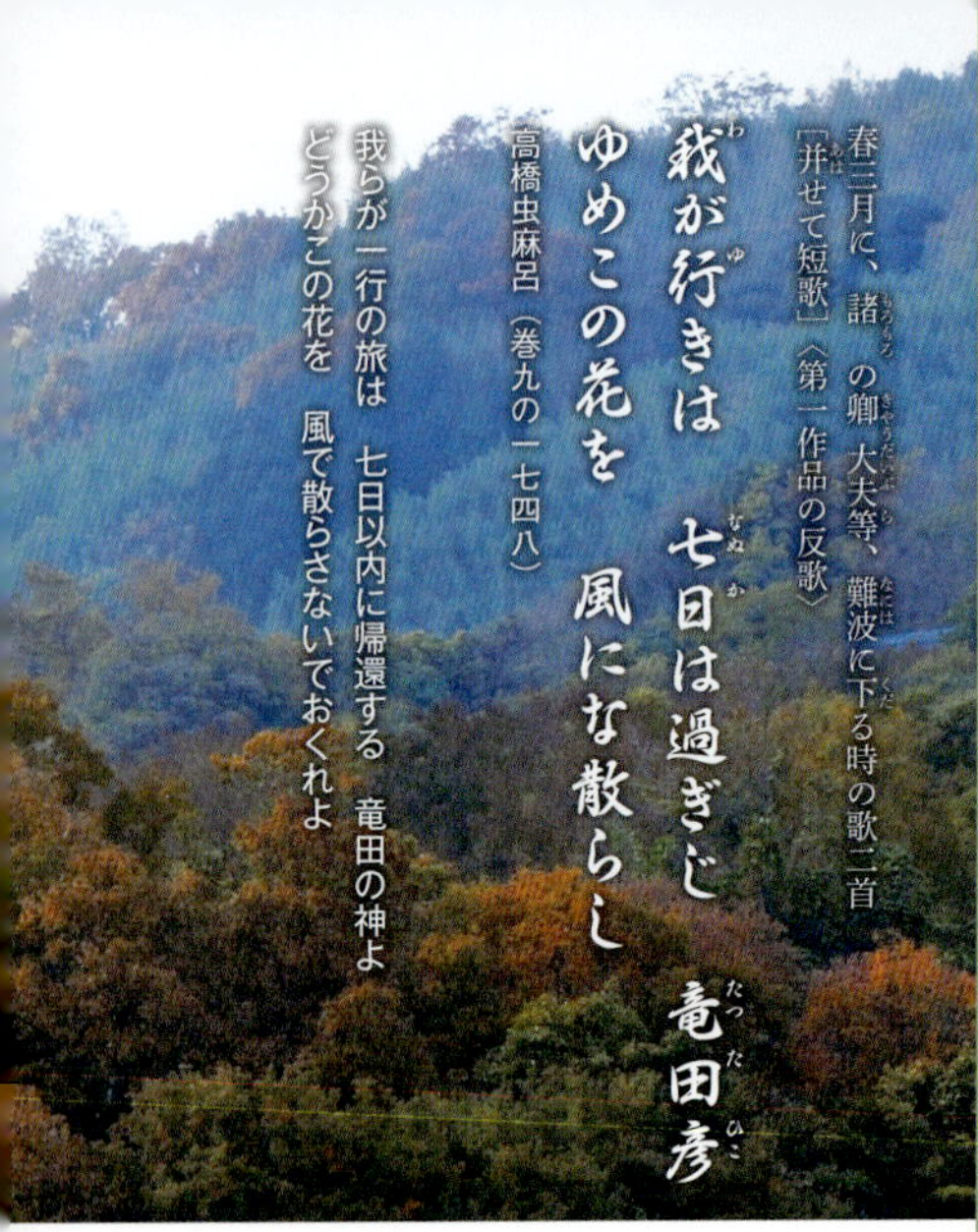

春三月に、諸《もろもろ》の卿《きやう》大夫《だいぶ》等、難波《なには》に下《くだ》る時の歌二首
〔并《あは》せて短歌〕〈第一作品の反歌〉

我《わ》が行《ゆ》きは　七日《なぬか》は過ぎじ　竜田彦《たつたひこ》
ゆめこの花を　風にな散らし

高橋虫麻呂（巻九の一七四八）

我らが一行の旅は　七日以内に帰還する　竜田の神よ
どうかこの花を　風で散らさないでおくれよ

竜田は、大和と河内を結ぶ要衝の地であった。大和川の流れを利用すれば、大阪湾に出ることができる巨大な渓谷となっている。

この竜田に祀《まつ》られているのが風の神である。それは竜田こそ大和盆地の最大の切れ目で、この切れ目から大風《おおかぜ》がやって来るからである。台風の場合、竜田を経由する台風は甚大な被害をもたらす。そこで竜田に風の神を祀ったのである。

王寺町藤井地区の大和川堤防より竜田峠を望む。

この歌では、風の神を「竜田彦」と呼んでいる。作者は、われら一行は七日以内に、この竜田に戻ってくるのだから、そのあいだは桜を風で散らさないでおくれ、と歌っているのである。

七日は難波への旅から帰ってくる日数である。大和から難波への往復に四日、難波滞在が二日という計算なのだろう。

ひと言

竜田揚げという料理の名称については諸説ある。醤油をつけた鶏肉が赤くなることに由来するという説が有力である。まるで、紅葉のように。

地図 p.12

謀反の罪で葬られた大津皇子の眠る二上山。

26 二《に》上《じょう》山《さん》

二つコブのある二上山を眺めることしかできない――。大伯皇女が、謀反の罪により処刑された弟の大津皇子を想った歌である。

二上山は今日、「ニジョウサン」と呼ばれているが、『万葉集』ではフタガミヤマである。二つのコブがある山だからである。

その二つのコブも大と小があり、大きいほうが背の山、小さいほうが妹の山である。「背」は夫あるいは兄、「妹」は妻あるいは妹を示す。大和の盆地側から見ると、西の「フタコブヤマ」ということになる。

大津皇子は、父である天武天皇の

大津皇子《おほつのみこ》の屍《かばね》を葛城《かづらき》の二上山《ふたかみやま》に移し葬《はぶ》る時に、大伯皇女《おほくのひめみこ》の哀傷して作らす歌二首〈一首目〉

うつそみの　人なる我《あれ》や　明日《あす》よりは
二上山《ふたかみやま》を　弟《いろせ》と我《あ》が見む

大伯皇女（巻二の一六五）

この現世に生きる　神ならぬ私にできることは……　明日から
二上山を　弟として眺めてゆくのみ――

葬儀のはじまる日に謀反の罪により逮捕され、事実上、処刑された。持統天皇は、天武天皇との一粒種である日並《ひなみしの》皇子（草壁皇子）を即位させるために、どうしても大津皇子を除く必要があったのである。姉である大伯皇女《おおくのひめみこ》は、神ならぬ人間たる私ができることは、麓に墓地のある二上山を弟として、偲んでいくことだけだと歌っているのである。

ひと言

春秋の彼岸の中日に、三輪山の麓から二上山を望むと、落日が二つのこぶの真ん中に入る。これが有名な二上山の落日である。

大和まほろば
ところどころ

地図 p.12

27 葛《かつら》城《ぎ》

言葉遊びを楽しむ『万葉集』の代表例。葛城山は当時の豪族、葛城氏の根拠地でもあった。

春《はる》柳《やなぎ》 葛城《かづらき》山《やま》に 立つ雲の
立ちても居《ゐ》ても 妹《いも》をしそ思ふ

柿本人麻呂（巻十一の二四五三）

（春柳）葛城山に　立つ雲ではないけれどさぁ……
立っていても座っていてもね　あの子のことが気にかかる――

葛城山は、大和の盆地の南、それも西側の巨大な壁となっている山である。この葛城山の麓にこそ古代の有力な豪族、葛城氏の根拠地があった。葛城氏は仁徳天皇の皇后である磐之《いわの》媛《ひめ》皇后《こうごう》を出した氏で、大きな勢力を誇っていた。だから葛城山の麓は、古くから開けた土地であったということができる。

とりあげたのは葛城山の雲を歌ったものだが、巧妙な序詞になっている。春柳をかずらにするのではないけれど、その葛城山に立つ雲ではないのだが、立っていても座っていても、恋人のことが忘れられないと歌っているのである。

近代文学は作者の心情に直結する表現を志向し、また作品から心情を理解しようとするが、古典和歌はそうではない。こういう言葉遊びを楽しむ文学でもあるのだ。

ひと言

現在ではツツジの名所である。山中に咲き乱れるツツジは、山を焼く炎のごとくに見える。一度は行ってみたいものだ。

役行者ゆかりの地でもある葛城山。山上ではツツジ、ススキなどの大群落が美しい。

地図 p.12

28

吉野

大和から入ると、別天地である吉野。持統天皇はここに三〇回以上行幸した。その理由はふたつ考えられる。

天皇、吉野宮《よしののみや》に幸《いでま》せる時の御製歌《おほみうた》

よき人の　よしとよく見て
よしと言ひし　吉野よく見よ
よき人よく見

［左注省略］
天武天皇（巻一の二七）

昔の良い人がね　よしとよく見て
よいと言った　この吉野をよく見なさいよ……
今の良き人たちもね（吉野はよいところなんだから）

吉野の宮滝は古代多くの天皇が訪れた奇岩巨石の景勝地。

峠を越えて吉野に入ると、そこは別天地である。川が大きく、流れも速い。両岸に巨岩が並ぶところもある。この地に持統天皇は三〇回以上も行幸をした。これほど特定の場所に行幸するのには訳があろう。ひとつ考えられることは、美しい土地だということであろうが、それは当時としては、宗教的意味合いを持っていた。神仙が住む世界、すなわち神仙郷として考えられていたのであろう。

もうひとつの理由として、壬申の乱が吉野からはじまったことがあげられる。難を避けて、大《おお》海人《あまの》皇子、後の天武天皇らはここ吉野に暮らしていた時代があり、また吉野から兵を挙げて乱に勝利したのである。掲げている歌は天武天皇の歌だが、この吉野のことを忘れるな、すべてはここからはじまったのだ、といっているように私には聞こえる。

ひと言

吉野といえば桜であり、吉野山を思い起こす人が多いだろう。しかし万葉の吉野は宮滝地区であり、川の吉野である。

地図 p.12

29 石上《いそのかみ》

「いそのかみ」は「ふる」にかかる枕詞で、石上神宮が鎮座している場所が奈良県天理市の布留町である。若い女を、成長の早い稲に例えて歌っている。

稲に寄する

石上《いそのかみ》　布留《ふる》の早稲田《わさだ》を　秀《ひ》でずとも
縄《なは》だに延《は》へよ　守《も》りつつ居《を》らむ

作者未詳（巻七の一三五三）

石上の　布留の早稲田はね……　まだ穂が出ていなくても
標縄だけでも張っておくがよいよ　私も見張り番をしてあげるから（そうしないと）あの子を誰かに盗られちまうぞ）

森閑とした森の中にたたずむ石上神宮。鎌倉時代の拝殿などが立ち並ぶ。

石上神宮は、かつては武器庫としての性格もあった。古代においては、武器は戦いの道具であると同時に、崇拝の対象物にもなっていた。その石上という大きな地域の中に、布留《ふる》という土地があった。
　石上神宮は山の辺の道の途上にあり、東が山側で、西が平野地となる。おそらく、そのどこかに、日当たりの良い早稲田があったのだろう。早稲田とは、日当たりがよく稲の成長が早い田、ないしは早稲種が植えられた田のことである。

「石上の布留の早稲田」という言い方を考えると、前者と考えたほうがよいだろう。とにかく成長が早いのである。
　古代の法では十三歳になれば結婚ができたが、その歳になるのを待つ男女もいた。掲げた歌は、(下品な言い方をすれば)早く唾を付けておかないと取られてしまうぞ、という歌である。

ひと言
山の辺の道を歩みながら石上神宮の森に入ると、ほっと一息つくことができる。森の中にある境内地で、その静けさを味わってほしい。

地図 p.12

30

阿《あ》騎《き》野《の》

現在の奈良県北東部、大宇陀《おおうだ》地域の阿騎野は宮廷の狩場だった。父を思い狩場に立つ軽皇子を想像してみよう。

阿騎野の里の朝。山の谷間にたなびく朝霧は神秘さを秘めた美しい風景である。

歴史の旅をする人でも、目的によってその歩き方は異なる。奈良の旅は仏像巡りの旅でもあるのだが、宇《う》陀《だ》まで訪ねる人は万葉の旅びとである。

三輪から初瀬川に沿って東へ進むと、宇陀で平野が広がっている。この地に、後に文武天皇として即位する軽皇子《かるのみこ》が狩りをしにやってくる。狩りは古代社会においては、重要な宮廷行事であった。狩りを立派に行

軽皇子《かるのみこ》、安騎《あき》の野に宿《やど》らせる時に、柿本朝臣《かきのもとのあそみ》人麻呂《ひとまろ》が作る歌
〈第三短歌〉

東《ひむがし》の　野にかぎろひの　立つ見えて
かへり見すれば　月傾《かたぶ》きぬ

柿本人麻呂（巻一の四八）

東の　野にかぎろひの　立つのが見えて……
振り返って見れば　なんと月は西に傾いていた――

なえれば、立派な帝王と見なされたからである。そして軽皇子の父である日並《ひなみしの》皇子も、この地で狩りをしたのであった。

この歌は長歌に続く第三短歌である。長歌から歌われているのは、亡き父を偲びつつ、狩りの場に立つ軽皇子の雄姿であり、父を思う心である。したがって、掲げた歌も、その文脈で読む必要がある。

ひと言

歴史公園として整備されている場所を散策するのもよいだろう。そして、可能なら冬の朝に、この地に立ってほしいものだ。

地図 p.12

31 巨《こ》勢《せ》

現在の奈良県御所市古瀬が舞台である。単純なことを複雑に歌う言葉遊びの側面を楽しもう。

巨勢寺跡には塔の礎石とかわいらしいお堂があるのみ。椿の花と巨勢山がうまく調和している。

奈良県の御所市に古瀬という古代の巨勢氏の根拠地がある。古い氏族は地名と氏名が一致しているので、その地域の支配者であると考えてよい。七世紀にもなれば役人として朝廷に仕え、都に居住しているが、その根拠地にも農園などを所有していた可能性が高い。大宝元（七〇一）年、持統太上天皇は紀国行幸を行なった。その折に従者のひとりの、坂門人足が歌った歌を掲げた。

大宝《だいほう》元年辛丑《しんちう》の秋九月、太上天皇、紀伊国《きのくに》に幸《いでま》せる時の歌

巨《こ》勢《せ》山《やま》の　つらつら椿《つばき》　つらつらに
見つつ偲《しの》はな　巨勢の春野を

〔左注省略〕
坂門人足《さかとのひとたり》（巻一の五四）

巨勢山の　つらつら椿ではないけれど……　つらつらと
見つつ偲んでゆこう　この巨勢野をね——

「つらつら」は物をじっと見たり、物事をじっくり考えたりすることをいう。最初の「つらつら」は「椿」の「つ」を起こし、次の「つらつら」を引き出す。まるで言葉遊びである。

結局、歌は「じっくりと楽しもうよ、この巨勢の春野を」ということであるから、単純といえば単純である。単純なことを複雑にいうところに、歌の面白さがある。

ひと言

JR吉野駅から、この地を訪れることができる。ハイキングコースも設定されている。ぜひ「つらつら」と見てほしい。

宇智野の里は田園風景の中に山が迫り、鹿やイノシシがいまにも飛び出してきそうな長閑なところ。

地図 p.12

32 宇《う》智《ち》野《の》

狩りは当時、天皇の威信をかけた行事だったにちがいない。たくさんの馬が狩猟場に並ぶ風景を思い浮かべよう。

一面の柿畑は、まるで〝柿の渓谷〟〝柿の平原〟という景色であった。そうか、この宇智野の渓谷、平原で万葉びとは狩りをしたのかと、私は思わずため息を漏らした。もちろん当時、ここは原野だったのであろう。狩りといっても宮廷行事の狩りともなれば、多くの人々にとっても旅となる。豊猟を祈るためのさまざまな儀礼もあったであろうし、夜には宴も催されたであろう。

天皇、宇智の野に遊猟する時に、中皇命、間人連老に献らしむる歌
反歌

たまきはる　宇智の大野《おほの》に
馬並《な》めて　朝踏《ふ》ますらむ
その草深野《くさふかの》

間人老（巻一の四）

（たまきはる）宇智の大野に　あまたの馬を並べて――
朝の野を踏ませておいでであろう
あの草深野を（いま）……

掲げた歌の「馬並めて」は、馬を並べてという意味であるが、その数は、狩りの主催者たる帝王の威信を表すものであった。つまりたくさんの馬が並ぶということは、その力を象徴することになる。

まさにいま、あの草深野にたくさんの馬を並べておいでであろう、と推測することは、狩りの盛儀を思い起こしていると考えてよい。

ひと言

宇智野は五條市宇智地域に広がる渓谷、平原なのであるが、いま、この地の名物は柿の葉ずしである。もともとは山間地の郷土食であったが、いまは洗練されたすしとなっている。

全国に広がる万葉の旅

『源氏物語』において、光源氏は須磨明石に退去すると泣き暮らしている。ところが万葉歌人たちは、大和へと思いをはせながらも、東北から九州まで赴任している。

役人（官人）の人生は旅の人生なのである。それは、そのまま律令国家の版図を示すものであった。

巻十四は不思議な世界を持つ巻である。他の巻々とは違い、一巻すべてが東国の歌を載せている。

大津は近江大津宮があった場所である。この都は白村江の戦いと壬申の乱の中で、短く消え去った都ということになる。

難波も海に開けた都であった。遣唐使、遣新羅使が出発したのは難波である。瀬戸内こそ、日本という国家を造った大動脈といえよう。

筑紫は大陸交通の要衝であり、その要は九州諸地域を統括する大宰府と、外交使節団の歓待宿泊施設であった筑紫館にあった。

律令官人たちの旅は、地方の言語や風物への関心を呼び起こすとともに、大和を故郷とする文学を生み出したといえよう。

地図 p.13

33 東国

ここで出てくる足柄《あしがら》は、現在の神奈川県南足柄市から静岡県小山町南部を指す。「花つ妻」の意味をきちんと理解したい。

足《あし》柄《がり》の　箱《は》根《こね》の嶺《ね》ろの　にこ草《くさ》の
花つ妻なれや　紐《ひも》解《と》かず寝《ね》む

作者未詳（巻十四の三三七〇）

静岡県側は割合に急峻な地であるが、神奈川県南足柄市側は穏やかな田園風景が広がっている。

足柄のね　箱根の峰のなぁ　にこ草のようにね
花妻なのか　ひとりで寝るとはねぇ
（花は見るもの　実ではないから食べられない　淋しい夜だ）

地名というものは単なる記号ではない。江戸風とか上方風とかいうことがあるが、それは実質的なちがいがあるからである。「新宿物語」と「浅草物語」とでは、想起される物語がちがう。

足柄は交通の要衝にして難所であった。だから人々の記憶にとどめられる土地であったといえよう。多くの人々が知っているということは、歌った場合、具体的にその土地をイメージすることができるわけで、歌いやすいのである。

「にこ草」とは軟らかい草のことをいう。「花つ妻」とは、花のように美しいけれど、共寝をできない妻をいう言葉である。花は実ではないから、食べられないのである。

だから自分はただひとり、下着の紐を解かずに寝ているというのである。

ひと言

峠の語源は「手向け」にある。手向けとは、神に捧げ物をすることをいう。神に捧げ物をしなくては通ることのできない山、それが峠だったのである。

大津市側の夕焼けに染まる琵琶湖の湖面には、多くの小鳥たちが翼を休めている。

地図 p.13

34 大津

鳥の声を聞くと胸が締め付けられる――。わずか五年だけ都のあった近江大津宮に、作者は思慕の念を抱いているのかもしれない。

同じ波でも夕波、同じ鳥でも千鳥。お前さんが鳴くと、私の胸が締め付けられるのだ、と歌っている。

近江の海とは琵琶湖のことであるが、近江にあればこそ、私の胸は締め付けられるということであろう。理由のひとつは、個人的な思い出であると思われる。胸が締め付けられるほどの思い出といえば、恋か生死にかかわることであろう。

もうひとつ考えなくてはならない

柿本《かきのもとの》朝臣《あそみ》人麻呂《ひとまろ》が歌一首
近江《あふみ》の海　夕《ゆふ》波《なみ》千《ち》鳥《とり》　汝《な》が鳴けば
心もしのに　古《いにしへ》思ほゆ
柿本人麻呂（巻三の二六六）
近江の海の　夕波千鳥よ　おまえが鳴くとね
胸が痛くなるほどに……　昔のことが偲ばれてならない――

のは、近江大津宮が短い期間ではあるが、都があった場所だということである。皇位継承争いに端を発した壬申の乱、その敗者たちの都こそ近江大津宮であった。だから近江の海は悲しいのか。

「古思ほゆ」を具体的に考えると、以上のようになる。では、結論を出せるかというと、出すことはできない。答えは、この中のひとつか、あるいは複数にわたるものであろう。

ひと言

万葉の旅をする人は、ＪＲ湖西線は各駅停車の旅となる。その一つひとつが万葉の故地だからである。

地図 p.13

35

難波

難波《なには》人《ひと》　葦《あし》火《び》焚《た》く屋《や》の
すしてあれど　己《おの》が妻こそ
常《とこ》めづらしき

作者未詳（巻十一の二六五一）

大阪城の南。難波宮の一部の基壇、
礎石が復原され公園となっている。

難波では葦で煮炊きするしかないから、妻はいつも煤《すす》けている。でもそんな妻が——。
生活実感に根ざした歌である。

難波人は　葦で煮炊きする……だから煤けている
でも煤けてはいてもね　やはり自分の妻が一番
いつもいつもいとおしいものだ

歌の感動といえども生活実感を離れるものではない。なぜならば物事を本当に理解するということは、実感に基づくからである。

木で煮炊きをするのと、葦で煮炊きをするのとでは、煙の出方がまったくちがう。葦は水気を多く含むとともに、燃やしても熱量が低いために、大量に燃やす必要がある。だから、もくもくと煙が出てしまうのである。すると、どうしても顔は煤けてしまうのだ。

難波は万葉時代、低湿地帯で大木がなかった。ために、どうしても葦で煮炊きをする必要があったのである。だから難波の人の顔は、煤けている。しかし、煤けていても、そこはわが愛する妻であるから、いとおしいというのである。

大木のない難波を詠んだ歌である。

ひと言

難波を歩く人は、大阪歴史博物館と難波宮跡をぜひ訪ねてほしい。そこで学んだことが必ず生きてくるからである。

玄界灘に面する志賀島。荒波の中を小舟で遣唐使が航海したかと思うと、身が引き締まる思いだ。

地図 p.13

36 筑紫

志賀の海人の製塩作業に自分の心境を重ねあわせている。遠い新羅に派遣された使いが歌った。

志賀島は響灘《ひびきなだ》とともに海の難所であった。博多湾に入るために、船を旋回する必要があったからである。したがって、志賀には船を操る海人がおり、海の民のなりわいがあった。
そのなりわいのひとつが製塩である。製塩では、その最終工程で火を使うので、常に煙が上がっていた。その塩のようなつらい恋を、私はしているのだと歌っているのである。
「辛き恋」とは何か。大和への恋で

筑紫《つくし》の館《むろつみ》に至りて、本郷《くに》を遥《はる》かに望み、凄愴《せいさう》して作る歌四首〈一首目〉

志《し》賀《か》の海人《あま》の　一日《ひとひ》も落ちず
焼く塩《しほ》の　辛《から》き恋《こひ》をも
我《あれ》はするかも

作者未詳（巻十五の三六五二）

志賀の海人がね　一日も休まずにね
焼く塩のような……　からいからい恋を
私はしているのだよ――

もあろうし、大和で自分を待っている妻や家族への恋でもあろう。

この歌は新羅国に遣わされた、使いたちの歌のひとつである。歌われたのは筑紫館であった。

天平八（七三六）年に難波を出港した一行は苦難の旅を続け、ようやく筑紫にたどり着く。しかし、まだ道は半ばなのである。

ひと言

平和台球場といってもピンとくる人は、かなりの年配の人ではないか。かつてそこにはプロ野球のホームグラウンドがあった。その球場の地下に、筑紫館は眠っていたのである。

万葉の四季

四季の移ろいを描くということは、日本文学一四〇〇年を見通してみても、重要なテーマであると思う。日本文学は一四〇〇年ものあいだ、ふたつのテーマを追いかけていた。ひとつは恋、もうひとつは四季の移ろいを歌うことである。

しからば万葉歌を見ると、その歌々の多くは恋と四季の移ろいの歌である。つまり四季の恋こそ、万葉歌の主要なテーマということができよう。

ひとりでいれば春は寂しい、ひとりでいれば夏は寂しい、ひとりでいれば秋は寂しい、ひとりでいれば冬も寂しい、と嘆くのが歌なのである。四季と恋とを重ね合わせるところにこそ、万葉歌の本領があると思われる。そしてそれは、日本文学の本領とするところなのである。

四季は巡り来るものであり、それは永遠の循環を繰り返すものである。対して恋は、一期一会の出会いから生まれ、その死とともにすべてが失われるものである。

四季と恋の文学は、いわば無常の文学であるといえるだろう。それは無限の時間の中にいる有限の、我の文学といえるかもしれない。

37

春

長い冬が終わり、ようやく訪れる春。その到来を万葉びとはどのように感じとっていたのだろうか。

尾《を》張《はり》連《のむらじ》の歌二首〔名欠けたり〕〈一首目〉

うちなびく　春来《きた》るらし　山の際《ま》の
遠き木末《こぬれ》の　咲き行く見れば

尾張連（巻八の一四二二）

（うちなびく）春が来たらしい……　山の端の
遠い梢が　だんだんだんだんとね　咲いてゆくのを見るとね――

春の吉野山は約一カ月にわたり下の千本から奥の千本まで徐々に桜色に覆われ霞がかかったようだ。

助動詞の「らし」は根拠のある推定を表す。したがって、例えば春過ぎて夏がやってきたらしいといえば、必ず根拠が求められる。巻一の二八（三八～三九頁）では、香具山に真っ白な衣が干してあることが、その根拠となっている。

　では、「春が来たらしい」と歌っている掲げた歌の根拠は何かといえば、山のあいだの遠い木のあいだに花が咲いているから、ということになる。

　この歌の味わいがどこにあるかといえば、私は香具山歌のように、その根拠を示している点にあると思う。そこまで花が咲いているということは、なんの疑いもなく春なのだ、ということを示しているのであろう。

　眺望して山の木々に咲く花を確認できるということになれば、やはりそれは桜ということになる。

ひと言

花といえば『万葉集』では梅を指し、平安朝以降は桜を指すというのは俗説である。梅は高価な外来植物で、万葉の時代から花の代表は桜であった。

38

夏

万葉びとの眠れない理由は？　配偶者がいない夜か、はては二人寝で楽しいからか――。ほととぎすが鳴く五月は夜明けも早い。

ほととぎす　来《き》鳴《な》く五月《さつき》の　短夜《みじかよ》も
ひとりし寝《ぬ》れば　明かしかねつも

作者未詳（巻十の一九八一）

ほととぎすが　来鳴く五月の　短夜もね
ひとりで寝ると　……明かしかねてしまうのだよ
（ひとり寝の夜は長い――）

早朝の藤原京は清々しい空気に満ちている。

人は、それぞれの人生の中で、何度夜明けに遭遇するであろうか。早朝より働く職業にでも就かない限り、夜明け、すなわち暁には就寝中であろう。

ほととぎすが鳴く五月は、夜明けも早くなってゆく。だから短夜となってしまうのである。しかし、その短夜であったとしても眠れない人々にとっては、長いと感じてしまうのである。

では、その眠れない理由とは何か。それは配偶者が、そこにいないのであろう。妻の歌なら夫、夫の歌なら妻がいないのである。一人寝の夜は寝ることができずに苦しいのである。一方、二人寝の夜はどうかといえば、楽しくて短く感じられると歌うのを常とする。

どちらにしても夜は寝られない。文学とは、ぐっすりと安眠できる人のものではない。眠れない人のものなのである。

ひと言

この歌のほととぎすが現在、我々がいうホトトギズなのか、カッコウなのかということについては論争がある。

39

秋

恋とは会えない時間を指す言葉。やっと会うことができたふたりにとっては、長い夜でさえも短い。

秋の夜《よ》を　長しと言へど
積《つ》もりにし　恋《こひ》を尽《つ》くせば
短《みじか》かりけり

作者未詳（巻十の二三〇三）

秋の夜は　長い長いと人はいうけれど
積もりに積もった　思いを晴らそうとすれば
これが短いものなのだ――

「積もりにし恋」とは何か。それは会えないあいだに降り積もった思いである。話したいこともあるだろうし、共寝もしたいであろう。そういう思いこそ恋である。そして「尽くす」というのは、その思いをかなえて憂《う》さを晴らすということである。

　恋とは会えない時間を指す言葉なので、そのあいだにエネルギーのようなものがたまると、万葉びとは考えていたのである。

　作者は、秋の夜を人は長いというけれども、久しぶりに会ったふたりにとっては短いものだと歌っている。

　時間には二つの時間がある。ひとつは物理学的な時間。一日、一カ月という時間である。もうひとつは心理的時間である。待ち焦がれる人にとっては一日千秋の思いということになる。楽しい時間は一瞬にして過ぎ去ってしまう。

ひと言

秋は人恋しい季節でもある。その長夜をどう過ごすか。この本は万葉の旅に行く人の本であるが、万葉の旅に行くことができない人のための本でもある。

晩秋の飛鳥路。

40

冬

大宰府に派遣された国司の任期は四～五年。そのあいだ、思い出すのはやはり平城京のことである。

大宰《ださい》帥《のそち》大伴卿《おほともきやう》、冬の日に雪を見て、京《みやこ》を憶《おも》ふ歌一首

沫《あわ》雪《ゆき》の　ほどろほどろに　降り敷けば
奈良の都し　思ほゆるかも

大伴旅人（巻八の一六三九）

沫雪が　うっすらうっすらと地面に　降り敷いてゆくと……
奈良の都のことが　思い出されるよなぁ――

飛鳥の雪景色。

「大宰帥大伴卿」とは、大伴旅人のことである。旅人は赴任地である九州の大宰府の地にあって、冬のある日、雪を見て故郷・奈良へと思いをはせた。

　いま、眼前にある雪は大宰府に降る雪であり、その心のうちにある雪は、平城京の雪であった。雪というものには、めったに降らないがゆえに、人々の記憶と密接に結び付くという特性がある。だから古い記憶がよみがえったのである。

「ほどろほどろ」とは、雪の降り積もったさまを形容する語ではあるが、その響きが一首に強い印象を与えているといえるだろう。

　当時の国司は四年・五年・六年で転任する決まりとなっていた。つまり五年まで延長されることはあるが、六年を過ぎることはなかったのである。

ひと言

九州だから降雪は少ないと思いきや、福岡は日本海気候なので、数年に一度、大雪が降ることもある。

41 初《はつ》春《はる》

良いことが降り積もっていけ――。『万葉集』の最後の歌、万葉終焉歌は初春に降る雪を歌う。

三年春正月一日に、因幡国の庁にして、饗を国郡の司等に賜ふ宴の歌一首

新《あらた》しき　年の初《はじ》めの　初春《はつはる》の
今日《けふ》降る雪《ゆき》の　いやしけ吉事

〈左注省略〉
大伴家持（巻二十の四五一六）

新しい　年のはじまりの　初春の
今日降る雪のように……　良いことが重なれよ――

『万葉集』二〇巻の最後の歌であり、一般に万葉終焉歌という。それは、お正月の歌であった。

新しい年、もちろん新春に大雪が降った。この大雪が降り積もるように良いことがどんどんと降り積もってゆけよ、という新年を祝福する、すなわち言祝《ことほ》ぐ歌である。

天平宝字三（七五九）年正月、大伴家持は、因幡国《いなばのくに》（現在の鳥取県）に国司として赴任していた。平城京で

甘樫の丘より雪景色の真神の原を望む。

は大極殿で朝賀の儀が行なわれるが、地方では、国庁で祝賀の儀が行なわれていた。まるで国司のあいさつのような歌である。

本年は新春よりの大雪と相なりましたが、新春の雪は吉兆といわれております、この雪が降り積もってゆくように、どんどんと良いことが積み重なってゆく年にしたいと考えております、というようなあいさつになるはずだ。

ひと言

鳥取市の国府町には因幡万葉歴史館もあり、思いをはせることができる。半日散歩して、思いを胸に刻みたいものである。

コラム

奈良国立博物館にて

人生の時間というものは有限である。ために、ままならぬものといえよう。だから五十を過ぎてこの方、美術展や展覧会、音楽会は見逃すまいと努力するようになった。

先日、私は奈良国立博物館で、県犬養《あがたのいぬかいの》三《み》千代《ちよ》（奈良時代の女官。光明子らを産む）の念持仏と伝えられる、白鳳仏を見ることができた。その念持仏が乗っている盤が、見事なのである。そのデザイン化された蓮池の波の表現が、実にモダンに見えた。そこにある蓮の花は、これから開かんとするものあり、開ききったものあり、枯れんとするものありである。それも表から見る蓮の葉あり、横から見る蓮の葉あり、いろいろな蓮の葉が描かれている。

花が咲き、花が散り、葉が開き、葉が枯れるのも、これ無常というメッセージなのであろう。そして物事というものは多面的に捉える必要があるのだよ、というメッセージも、この盤には込められているようなのである。この盤に表現された世界も七世紀の後半を生きた人間の、思惟のひとつであることは間違いがない。

column

第3章

万葉の世界を知る

万葉びとの生きた時代

万葉びとの生きた時代は、律令国家形成期に当たる。

律令国家とはすなわち、律である刑法と、令である行政法からなる法治国家であった。役人の組織（官制）も都（都城制）も、隋と唐の法を導入したものである。もちろん、そのまま受け入れたわけではない。日本の実態に合った形に手直しをしながら、受け入れたのである。

万葉歌の主たる担い手は、律令に定められた役人、すなわち官人である。したがって、『万葉集』とは、律令官人の文学であるということもできる。

この律令を受け入れるためには、漢字や漢文の知識が不可欠であった。また律令という法体系の背後にある儒教も学ばねばならない。加えて、広くアジアに受け入れられていた仏教を学ぶ必要もあった。

隋と唐という統一国家が中国に成立すると、東アジアの周辺諸国は、その巨大な力とどう向き合い、自国の独立を保つかということが至上問題となった。

万葉びとの生きた時代とは、そんな時代だったのである。

42 天皇

天皇という呼称は天武天皇が始めたとされる。それ以前は大王と呼ばれていた。これら天皇や大王は、古代においては神にもなった。

天皇《てんわう》、雷《いかづち》の岳《をか》に出《い》でませる時に、柿本《かきのもとの》朝臣《あそみ》人麻呂《ひとまろ》が作る歌一首

大《おほ》君《きみ》は　神にしませば　天雲《あまくも》の　雷の上《うへ》に　廬《いほ》りせるかも

〔左注省略〕

柿本人麻呂（巻三の二三五）

わが大君は　神でいらっしゃる——　だから天雲の　雷の上に庵をつくっていらっしゃるのだ（まさにいま）

さまざまな議論はあるものの、大王という称号を最初に用いたのは、大泊瀬幼武尊《おおはつせわかたけるのみこと》であったといわれている。すなわち雄略天皇のことである。対して、天皇という称号を最初に使用したのは、天武天皇と考えられている。「大王」は大和言葉で「おおきみ」である。

大王とは朝鮮半島の諸国で用いられた君主称号であるが、天皇という冠号を君主称号に用いたのは、日本

夕焼け雲の中に浮かぶ雷丘。

だけである。したがって、倭と日本の統治者は大王と呼ばれ、後に天皇と呼ばれたと考えておけば大過はない。もちろん大王と天皇は人間なのであるが、時として神として人々の前に現れることがあった。現代人は、ついつい神と天皇を別物として捉えがちだが、古代社会においては人も神になるので、掲げた歌のような表現がとられるのである。

ひと言

飛鳥に行き、雷丘に登ると、その小ささに驚くだろう。横にある甘樫の丘より小さいからだ。しかし大切なのは大きさではなく、その土地に対する言い伝えなのである。

43 後宮《こうきゅう》

万葉の時代、後宮が存在していたかはわかっていない。しかし、一定の秩序を守り生活していたと推測される。

一書に曰《いは》く、近江《あふみの》天皇の聖躰不豫《みやまひ》したまひて、御《み》病《やまひ》急《には》かなる時に、大后の奉献《たてまつ》る御歌《みうた》一首

**青《あを》旗《はた》の　木《こ》幡《はた》の上《うへ》を　通《かよ》ふとは
目には見れども　直《ただ》に逢《あ》はぬかも**

倭大后《やまとのおほきさき》　（巻二の一四八）

青旗のごとくに、木々の葉はゆらめくというのではないが
その名を持つ「木幡」の地の上を　天皇の御魂が往き来する――
しかし、その御魂を目には見ることができるのだが　直接天皇に
逢うことはできない（だから、思いはつのるばかり）

宇治橋は万葉の時代よりのち、秀吉がお茶会の時にこの「三の間」から水を汲み上げたことで有名。

十一世紀の『源氏物語』は後宮物語といってよい。後宮というのは、前宮に対する言葉である。

前宮とは天皇の政治の場であり、その後ろに控える建物が後宮である。いわば天皇の私的な居住空間を示す。そこには天皇の妻と、将来において天皇の妻となる可能性がある女性たちがいた。その愛憎物語が『源氏物語』なのである。

では、万葉の時代に後宮は存在していたのだろうか。これについては議論があるところだが、私は後宮というものはなかったとしても、天皇の妻たちは大《おお》后《きさき》を筆頭に、一定の秩序を持って暮らしていたと考えている。

掲げたのは、天皇が危篤の時に歌われた倭大后の歌だが、これに続く挽歌では、妻たちの歌が続く。それは天皇の死を悼む妻たちの声である。

ひと言

木幡《こはた》は、現在の京都府宇治市の一角を占める土地であるが、古くから山城国と大和国を結ぶ要衝の地であった。

44

律令

律令制度を題材につくられた歌。自分の境遇を笑い飛ばすユーモアにあふれる。

このころの　我《あ》が恋力《こひぢから》　記《しる》し集《あつ》め
功《くう》に申《まう》さば　五位《ごゐ》の冠《かがふり》

作者未詳（巻十六の三八五八）

近頃の　俺様の恋力といったら……　そいつをだなぁ書き連ね
功と申請したらよー　そりゃあ五位はもらえるだろうよ
これホント

伝板蓋宮跡は甘樫の丘の南東に位置する。近くには浄御原や川原寺などがある。

律令国家は官僚国家であり、ひとつのヒエラルキーを形成していた。当然、上位になればなるほど、その数は絞られる。五位ともなれば貴族である。その数は○・○五パーセントであった。ということは、多くの人々は到底、その位になることはない。

「恋力」とは、恋を成就させるための手間・暇・金をいう言葉で、「功」とは、律令の考課令に定められた官人の評価基準で、手柄を意味する言葉である。

つまり掲げた歌は、ひとつの失恋、嘆き節ということになる。功として役所に上申したならば、五位の位がもらえるなどといえば、一体どれほどの功なのであろうか。それほどまでに俺さまは貢いだのだぞ、といいたいのであろう。自分を笑い飛ばすゆとりが魅力の歌である。

ひと言

お役所言葉をふんだんに盛り込みながら、皮肉に語る失恋話は、出世の望めぬ男の嘆き節でもあった。

㊺ 畿内

律令制度の中で、畿内と畿外の違いは極めて大きかった。その境を越えて旅する夫を思った歌である。

奈良から伊勢に向かい三重県に入ったすぐの山村が名張だ。

律令国家は、天皇を頂点とする国家であるとともに、都が全権を掌握する中央集権国家であった。都とはすなわち、天皇の住まいのあるところであり、官僚国家を支える官司《かんし》のある場であった。

その都を囲むように、畿という地域が設定されていた。畿の内側が畿内であり、外側が畿外である。畿内は畿外に対して税金などの、あらゆる面で優遇されていた。

当麻真人《ひと》麻呂《まろ》が妻の作る歌
我《わ》が背子《せこ》は　いづく行《ゆ》くらむ
沖《おき》つ藻《も》の　名張《なばり》の山を
今日《けふ》か越ゆらむ
当麻麻呂が妻（巻一の四三）
私の夫は　どのあたりをいま旅していることか……
（沖つ藻の）名張の山を　今日あたり越えているのだろうか――

だから畿内に住む人々は、畿外に出ることに大きな不安を持っていた。伊勢に旅するためには、東の畿内と畿外の境となる名張を通ることになる。当麻真《たぎまのま》人麻呂《ひとまろ》の妻は、今日あたり畿内と畿外の境となる、名張を夫が越えているのではないかと心配して、このような歌を歌ったのであった。家にあって、夫の旅路を思う妻の歌である。

ひと言

東の名張（現三重県）、西の明石（現兵庫県）、北の逢坂山（現京都府）、南の妹背の山（現和歌山県）の四つが境であった。

46 有間《ありまの》皇《み》子《こ》の変《へん》

だまされた有間皇子が捕えられ、処刑前に歌った。境遇のちがいが痛々しく涙を誘う。

有間《ありまの》皇子《みこ》自《みづか》ら傷《いた》みて松が枝を結ぶ歌二首（一首目）

家《いへ》にあれば　笥《け》に盛《も》る飯《いひ》を　草《くさ》枕《まくら》
旅にしあれば　椎《しひ》の葉に盛る

有間皇子（巻二の一四二）

日高郡みなべ町国道四二号線沿いに立つ有間天皇の結びの松の碑。

斉明天皇が行なった飛鳥の巨大な土木工事に対して、それを批判的に見ている男がいた。それが有間皇子である。若き皇子は正義感の持ち主であった。無駄な土木工事を許すことができなかったのである。しかし、中大兄皇子《なかのおおえのおうじ》は、この有間皇子の正義感に目を付けた。腹心の蘇《そ》我赤兄《がのあかえ》を有間皇子の下に走らせ、謀反をそそのかしたのであった。皇子はその誘いを受け、兵を挙げようとするのだが、逆に赤兄から通報されて、あっけなく逮捕され死罪となった。

とりあげた歌は、その護送中に歌われた歌である。皇子に供された飯は、椎の葉に盛り付けられたものであった。その家と旅との落差が、皇子の悲劇を物語るのである。題詞がなくては、旅の歌として読める。つまり、物語の中で機能する歌といえよう。

ひと言

磐代は和歌山県日高郡南部町の地名である。ここに故事にちなむ松が植えられている。悲劇を伝えようとする心が伝わる故地である。

家に居れば　器に盛る飯ではあるが……（草枕）
旅にあるいまは　椎の葉に盛ることに

47 壬申《じんしん》の乱

古代史最大のクーデターである壬申の乱の後に歌われた。勝利して都を飛鳥に移す大海人皇子を讃える。

壬申《じんしん》の年の乱の平定《しづ》まりにし以後《のち》の歌二首〈二首目〉

大君《おほきみ》は　神にしませば　赤駒《あかごま》の
腹這《はらば》ふ田居《たる》を　都と成しつ

〔左注省略〕
大伴御幸（巻十九の四二六〇）

大君は　神でいらっしゃる　だから赤駒の
腹這っていた田んぼでも　都となさることができたのだ

六七二年に起きた壬申の乱は、古代最大の国内戦争である。この乱は天智天皇の崩御をきっかけにして起きた、天智天皇の実子である大友《おおとも》皇子《みこ》と、天智天皇の弟であった大海《おおあま》人《の》皇子《みこ》とのあいだの皇位継承争いであった。この乱が大きくなった理由は、もちろん次期天皇をめぐる争いではあるのだが、そのほかにも白村江の敗戦に対する不満、都を大和へ戻したいと考える勢力の存在、畿内

水落遺跡。壬申の乱のときには武器庫があった。

豪族と地方豪族の複雑な関係などが相まっているはずである。したがっては壬申の乱の歴史的意味付けについては、諸説があって定説はない。

重要なことは、大海人皇子が戦争に勝って皇位を手に入れたことである。そして都を飛鳥に戻した。

都づくりは人知の及ぶところではない。神の力をもってしか行なえない行為であると、掲げた歌は訴えている。

ひと言

大伴家持は天平勝宝四（七五二）年二月二日に、この歌を聞いて記録した。まさに乱後八〇年に当たる年であった。

48

大《おお》津《つの》皇《み》子《こ》事《じ》件《けん》

大津皇子の辞世の歌である。皇位継承争いによって処刑される皇子は、池で鳴く鴨に何を見たのだろうか。

大津皇子《おほつのみこ》、死を被《たまは》りし時に、磐余《いはれ》の池の堤《つつみ》にして涙を流して作らす歌一首

百《もも》伝《づた》ふ　磐余の池に　鳴く鴨《かも》を
今《け》日《ふ》のみ見てや　雲《くも》隠《がく》りなむ

〔左注省略〕
大津皇子（巻三の四一六）

（百伝ふ）磐余の池に　鳴いている鴨　その鴨を
今日だけ見て……　私は雲の中に消えてゆく——
（わが死は近い）

桜井市吉備の吉備池から葛城山を望む。

世にいう大津皇子の乱は朱鳥元（六八六）年に起きた。乱といっても、謀反を企てたとして一方的に逮捕され、「死を賜った」のである。死を賜るとは、朝廷から死を命ぜられるということだが、実質的には処刑と同じである。皇子という高位者であるがゆえに、そういう名称が用いられたにすぎない。

　この乱は、天武天皇の崩御をきっかけとして起きた。持統天皇の時代になるまでは、天皇の死ごとに、次の天皇をめぐって皇位継承争いが起こっていた。それは皇位が、継承有資格者による合意が必要だったからであろう。鸕野《うの》皇后（＝持統天皇）は天武天皇との一粒種である、日並《ひなみしの》皇子を即位させるために、大津皇子を除こうと先手を打った。それは天皇の葬礼のはじまる、まさにその日のことであった。

ひと言

異説はあるものの、奈良県橿原市の東池尻・池之内遺跡こそ磐余《いわれ》池《いけ》と考えられている。この地は、まさに香具山の北に当たる。ただし現在、池はない。

万葉びとの
生きた時代

49

長《なが》屋《や》王《おおきみ》の変《へん》

大きな権勢を誇った長屋王は、藤原氏の陰謀により自害に追い込まれた。この歌はそんな長屋王への悲痛な思いが感じられる。

神亀六年己巳、左大臣長屋王《ながやのおほきみ》、死を賜りし後に、倉橋部女王《くらはしべのおほきみ》の作る歌一首

大君《おほきみ》の　命《みこと》恐《かしこ》み　大殯《おほあらき》の
時にはあらねど　雲隠《くもがく》ります

倉橋部女王（巻三の四四一）

天皇の　ご命令が恐れ多いので　大殯を営むべき　時ではないのだが……　王は雲の中に消えてゆかれたのだ
（死んでゆかれたのだ）

天平元（七二九）年二月一〇日、長屋王は謀反を密告されて家を包囲され、自刃に追い込まれた。今日でいえば政府の代表者、すなわち宰相に当たるから、それは一種のクーデターともいうべきものであった。

長屋王は高市皇子《たけちのみこ》の子であり、母は皇女であったから、即位の可能性もあり、即位しなくても宮廷内に巨大な権力を有していた。

台頭する藤原氏は、長屋王存命中

近鉄生駒線の平群駅の北に位置する
こんもりとした森が長屋王の墓だ。

には藤原不比等の娘である光明子の皇后就任、すなわち立后が難しく、武力によって長屋王を排除する挙に及んだのである。

その責めは過酷で、妻子ともども死に追いやられた。この変を契機として、藤原氏への権力集中は一気に進むことになる。『万葉集』は関係者の死を悼んで、これらの歌を載せたのである。

ひと言

奈良県平群町に、長屋王の墓と伝えられる塚がある。宮内庁によって守られている墓は寂しく、そこにある。

瀬戸内の熟田津は波穏やかな漁村。

50 白《はく》村《そん》江《こう》の戦い

存亡の危機にある百済を救うため、日本は朝鮮半島へと援軍を送る。この歌はその途上で歌われた。

白村江とは、現在の韓国全羅北道、群山市の錦江流域に当たる。錦江が黄海に注ぐ海辺である。天智天皇称制二（六六三）年、この地で百済《くだら》軍と日本軍の連合軍は、唐と新羅の連合軍に大敗を喫したのであった。

もともと百済との関係が深かった日本は、百済からの求めに応じて援軍を出すことになった。一方、新羅は唐との友好関係を梃子《てこ》に、唐の援軍を得ることができた。もともと軍

熟《にき》田《た》津《つ》に　船《ふな》乗《の》りせむと　月待てば
潮《しほ》もかなひぬ　今は漕《こ》ぎ出《い》でな

〔左注省略〕
額田王（巻一の八）

熟田津で　船乗りをしようと　月を待っていると……
潮の状態もよくなった　――さあ漕ぎ出そう

事力が劣勢な上に百済軍にも対立があり、大敗を喫することになったのである。

　とりあげた歌は、斉明天皇が百済救援のために筑紫に赴いた際に、額田王が伊予の熟《にき》田《た》津《つ》で詠んだ歌。『類《るい》聚《じゅう》歌《か》林《りん》』という書物には、その作者を斉明天皇と伝えていたようであるが、『万葉集』は額田王の歌とする立場を採っている。

ひと言

熟田津は、現在の愛媛県松山市の道後温泉に当たると考えてよい。この地に停泊の折に歌われた歌である。時に、斉明天皇称制七（六六一）年のことであった。

51 仏教

『万葉集』に仏教に関連する歌は少ない。この歌も五四～五五頁の歌と同様、川原寺の琴の表に書かれていたものである。

世間《よのなか》の無常を厭《いと》ふ歌二首〈二首目〉

世の中の　繁《しげ》き仮廬《かりほ》に　住み住みて
至らむ国の　たづき知らずも

右の歌二首、河原寺《かはらでら》の仏堂の裏《うち》に、倭琴《やまとごと》の面《おもて》に在り。
作者未詳（巻十六の三八五〇）

世の中というものは……　煩わしいことだらけの仮のすまい　その仮のすまいに住み続け　やがて行き着く先の浄土の様子も……　まるでわからない（私などには）

朝の静寂な川原寺の佇まいは極楽浄土の世界である。

平安朝以降に比べれば、『万葉集』の歌に仏教の影響は少ないといわれている。ただし考えなくてはならないのは、日本の歌は、仏教伝来以前からの長い歴史が既にあったということである。したがって、歌の中に仏教の思想が入り込むのは、特異な例とみなくてはならない。

　しかし、一方で仏教は、まさに七世紀後半以降、国の推奨する宗教であった。当時の日本は、仏教による国づくりを目指したからである。

掲げた歌は、飛鳥の川原寺の仏堂の、琴の表に書かれた歌であったという。それが『万葉集』を通じて、今日まで伝えられている。

　琴は歌を歌う場合、よく使用された楽器であった。浄土へ行きたいけれども、実際にはその浄土がどんなところかもわからないと歌っているのである。

ひと言

人間の生きている現実世界に対して、極楽浄土の存在を認め、その極楽浄土を象徴する仏教思想の一端が、この歌には表れている。

長崎県五島列島の福江島の三井楽港を出て三井楽の岬を最後に唐の国へと荒波を乗り越えていったのであろう。

52 遣《けん》唐《とう》使《し》

遣唐使の目的は、日本が臣下の関係にある中国皇帝へ拝礼し、最先端の文化や学問を吸収すること。六三〇年から八九四年まで続いた。

「入唐使」とは今日、一般的にいう遣唐使のことである。『万葉集』の時代は遣唐使の時代であった。日本は絶域と呼ばれる地域の、辺境国家として存在していた。ために臣下として毎年は唐に使者を出す必要はなかった。それは中国皇帝から、その領土と統治権を認められる、冊封を受けていなかったからである。

ただし中国皇帝に対しては臣下の立場を取っていたので、二〇年に一

入唐使に贈る歌一首

海神《わたつみ》の　いづれの神を　祈らばか
行《ゆ》くさも来《く》さも　船の早けむ

〔左注省略〕
作者未詳（巻九の一七八四）

海神の　どの神さまに　祈れば……
行きも帰りも　船が早いのか――
（とにかく、早く帰って来てください）

度は使者を送っていた。その主たる任務は、正月に臣下が皇帝に拝礼する、朝賀という儀式に出席することであった。

もちろん使節たちは留学生を送り込み、学問や技術を学んで帰ってきた。当時の唐は、広くアジアを支配下に置く一大帝国であったから、唐に学ぶことによって、インドやペルシャの文化をも学ぶことができたのである。

ひと言

鑑真和上と阿倍仲麻呂は、日中友好のシンボルである。奈良西ノ京の唐招提寺を訪れる中国要人が多いのは、そのためである。

53 遣《けん》新羅《しらぎ》使《し》

派遣回数は、遣唐使よりも遣新羅使のほうがはるかに多い。いずれにしても、それらに送り出す人々の気持ちは思うに余りある。

別れなば　うら悲しけむ　我《あ》が衣《ころも》
下《した》にを着《き》ませ　直《ただ》に逢《あ》ふまでに

作者未詳（巻十五の三五八四）

別れたら　悲しくなるもの……
私の衣を　肌に着けていらしてくださいな
じかにお逢いするまではね——

難波を出た遣新羅使船は瀬戸内を航海し、風光明媚な鞆の浦も通った。

唐に赴く使いが遣唐使なら、新羅へ赴く使いは遣新羅使といわれた。じつは万葉の時代、遣新羅使は二七回も派遣されている。この数は遣唐使の派遣回数を、はるかに上回るものである。したがって、隣国である新羅との使節団のほうが、断然多いのである。

　一方、新羅と日本は共に唐に対して臣下の礼を取るものの、二国間の関係は複雑なものであった。日本側は新羅に対して臣下の礼を取るように求めるが、新羅は、これを容易に認めないからである。おおむね唐との関係が悪化した場合は、日本も新羅も、相手国に対して友好的態度をとる傾向がある。

『万葉集』の巻十五は天平八（七三六）年の遣新羅使たちの歌を載せている。それらの歌々は望郷と不安の、海の旅の歌である。

ひと言

遣新羅使人の歌々の中には、その妻たちの歌々もある。妻たちは自分の着ていた下着を贈って、旅に持参させることもあったようである。

歌う人々

今日、我々は「語る」「話す」「口ずさむ」などの言葉にかんする行為を行なっている。そして、もうひとつ挙げるとすれば、それは「歌う」であろう。

では、歌うことと語ることとは、どう違うのだろうか。さまざまな定義ができるが、「歌」はリズムとメロディーに力点が置かれ、「語る」は内容に力点が置かれているといえよう。歌の場合、内容がよくわからなくても楽しめるのは、そのためである。

今日、一般的に歌人といった場合、その歌を作る人のことをいう。対して、『万葉集』で歌人といった場合には、その歌を口から出した人のことをいう。つまり、現代語の歌い手と同じなのである。

これから取り上げる人々は、歌の作り手として認め得る人々である。

歌には、もともと作者はいらない。伝承歌のほとんどは、その作者が伝わらないのである。作り手が明示される場合は、歌を歴史の一コマとして、長く後世に伝えようとする時だけなのである。

歌を作品として見て、その個性の反映とするのは、近代的な芸術観に他ならない。

54

磐《いわの》姫《ひめの》皇后《おおきさき》

『万葉集』で夫を思う皇后として描かれる磐姫皇后は仁徳天皇の皇后。この歌はそんな天皇への恋心を切々と歌っている。

磐姫皇后《いはのひめのおおきさき》、天皇を思ひて作らす歌四首〈四首目〉

秋の田の　穂の上に霧《き》らふ　朝《あさ》霞《かすみ》
いつへの方《かた》に　我《あ》が恋止《や》まむ

磐姫皇后（巻二の八八）

秋の田の　稲穂の上にかかる　朝霧　その朝霧のように
いつになったら……　私の恋は晴れるのか
（果たして晴れる日は来るのか?）

平城京跡の北側に磐之媛命陵がある。初夏には菖蒲が咲き風情を感じる。

磐姫皇后は仁徳天皇の皇后にして、履《り》中《ちゅう》・反正《はんぜい》・允恭《いんぎょう》の三天皇の生母である。出身は葛城氏で、皇族ではない。皇后とは天皇の妻の最高位であり、天皇が国の父であるならば、国の母ともいうべき存在である。したがって、原則として複数いる妻のうちでも皇族が就任するのを常としていた。奈良時代において、光明子が皇后となることに反対が多かったのも、そのためである。光明子は藤原氏出身で、皇族ではなかったからだ。

『古事記』『日本書紀』の伝えでは、磐姫皇后は嫉妬深い女性であったとされているが、『万葉集』ではどこまでも夫を思う女性である。

秋の田の穂の上に掛かる朝霧は、いつの間にかに消えてゆくもの。そのように私の恋心は晴れるものではないのである。皇后の天皇への思いは深い。

ひと言

奈良市佐紀町のヒシアゲ古墳は現在、磐姫皇后の墓として、宮内庁によって祀られている。古墳群の中の小道をたどり行く先に、その陵はある。

55

聖徳太子

聖徳太子は日本仏教の祖であるといわれる。太子の歌は、慈悲の心に満ちている。

〔題詞省略〕

家ならば　妹《いも》が手まかむ　草枕《くさまくら》
旅に臥《こ》やせる　この旅人《たびと》あはれ

聖徳太子（巻三の四一五）

家にいたなら　妻の手枕で寝ていたろうに……
旅先で倒れた　この旅人は哀れだ——

聖徳太子は『日本書紀』の推古天皇紀に登場する人物である。『日本書紀』は太子の没後一〇〇年に成立した書物であり、既に伝説上の人物となっていた。のみならず、その存在は日本に仏教を広めた英雄として知られていたので、仏教経典の内容と重ね合わされて、人物伝ができあがっている。そのために太子の実像というものは、ほとんど見えなくなっているのである。

それは、釈迦やキリストの人物伝がほとんど経典によるために、実像がかえって見えにくいのと同じである。宗教者の伝記というものは、おおむねそのような傾向を持っている。

行き倒れになってしまった人物に声をかけ、心を尽くしてもてなすのは、その慈悲によるものである。この歌は慈悲の心の表れとして読むべきであろう。

ひと言

飛鳥の橘寺は、聖徳太子の生誕の地と伝えられる寺である。その誕生が、厩《うまや》であったとするのは、貧しき者の救済者として誕生したことを意味する。

橘寺。三つの添柱の穴がある優美な心礎。

56

額田《ぬかたの》王《おおきみ》

はじめての宮廷歌人ともいうべき額田王は、記念すべき行事に欠かせない存在であった。

天皇、内大臣藤原《ふぢはらの》朝臣《あそみ》に詔《みことのり》して、春山万花《しゆんさんばんくわ》の艶《えん》と秋山千葉《しうさんせんえふ》の彩《いろ》とを競《きほ》ひ憐《あは》れびしめたまふ時に、額田王《ぬかたのおほきみ》、歌を以《もち》て判《ことわ》る歌

蒲生野の里はのどかな田園地帯。

冬ごもり　春さり来《く》れば　鳴かざりし　鳥も来《き》鳴きぬ　咲かざりし　花も咲けれど　山をしみ　入りても取らず　草深《くさぶか》み　取りても見ず　秋山の　木《こ》の葉を見ては　黄葉《もみち》をば　取りてそしのふ　青きをば　置きてそ嘆く　そこし恨《うら》めし　秋山そ我《あれ》は

額田王（巻一の一六）

（冬ごもり）春がやって来ますと　鳴いていなかった　鳥もやって来て鳴きますよね　咲いていなかった　花も咲いてゆくのですけれど　山が茂っていますので　分け入って取ることはかないませぬ　草が深いので　手に取って見ることもかないませぬ　秋山の　木の葉を見ますと　色づいた葉っぱを　手に取って私は賞《め》でますのよ　でも青い葉っぱは　手に取らずそのままにして嘆きますの……　その点だけが残念でございますわ　なんといっても秋山の方が良いと思いますわ　ワ・タ・ク・シは――

斉明天皇の時代から天智天皇の時代にかけて活躍していたのが、額田王である。すなわち六五一年あたりから六七一年あたりまでは、彼女は宮廷内において特別な地位を与えられていた。

宮廷は、行事のためにあるといってもよいようなところで、行幸や遷都、狩り、葬礼にいたるまで、さまざまな行事が行なわれていた。その行事には必ず、宴が伴われた。額田王は記念すべき行事に伴う宴に出て、歌を歌うという役割を担っていたと思われる。つまり宮廷歌人というべき存在であったのだ。

掲げた歌は、天皇が内大臣の藤原鎌足に命を下し、宴の参会者に対し、漢詩をつくれと命令したときの歌だ。題は、花咲き乱れる春の山と、色とりどりの紅葉の山との、どちらが美しいかというものであった。額田王は大和歌で、これに応えたのであった。

宮廷で活躍することは、生まれもよく、人脈もあることが前提である。その一方、やはり実力もなくてはなるまい。

では、額田王に求められた実力とは何であろうか。それは、時と場の雰囲気をよく読んで、その折にふさわしい表現で人の心をつかむことであろう。

私たちは、和歌を芸術としてとらえ、

秋山千葉の彩。

春山万花の艶。

それを個性の表現と見がちである。しかし、そういった考え方は、近代の芸術至上主義による見方であって、古代の和歌を考える場合には、参考にはならない。むしろ、芸として見るべきであり、芸人が、その場の雰囲気をよく読んで場になじむ言葉を繰り出すように、古代の歌人たちは、芸として歌を詠んだのである。
額田王は、自分に求められることをよく知って、歌を詠んだ芸人だと思う。

ひと言
斉明朝・天智朝において活躍したのが額田王で、続く持統朝において活躍したのが柿本人麻呂であった。

雪の大原の里に往時を偲ぶ。

57

天武天皇

神と讃えられた天武天皇。この歌では妻のひとりである藤原夫人とじゃれ合うような側面を見せている。

『万葉集』は、雪を喜ぶ文学でもある。それは万葉歌が大和で形成されたからである。

この歌の、なんとたわいもないことか。妻のひとりであった藤《ふじ》原《わら》夫《のぶ》人《にん》に、俺のいるところに大雪が降った、お前さんのいるところには、後で降るだろうと歌を贈っているのである。これはいわばじゃれ合いであって、挑発しているのである。

もちろん藤原夫人も負けてはいな

天皇、藤原夫人《ふぢはらのぶにん》に賜《たま》ふ御歌《みうた》一首

我《わ》が里に　大雪降れり　大原《おほはら》の
古《ふ》りにし里に　降らまくは後《のち》

天武天皇（巻二の一〇三）

私の里に　大雪が降ったよ……　大原の
古ぼけた里に降るのは　後でしょうけどね――

い。次の頁の歌のように、私のいる丘の竜神さまにいって降らせた雪のかけらがそちらに行ったのですよ、と返している。

兄、天智天皇を助け、白村江の敗戦後の多難な時期に政策決定をし、壬申の乱に勝利して、神と讃えられた天武天皇。しかし『万葉集』は、その人間性をかくのごとくに伝えているのである。

ひと言

飛鳥の天皇正宮と大原は、直線距離で五〇〇メートルとは離れていない。その間のやりとりであることを思い起こすと、歌への興味は、さらに増す。

58

藤《ふじ》原《わらの》夫《ぶ》人《にん》

前頁で掲げた天武天皇の歌への返歌。茶目っ気たっぷりの返事に、天武天皇の寵愛ぶりがうかがわれる。

藤原 夫人《ふぢはらのぶにん》の和《こた》へ奉《まつ》る歌一首

我《わ》が岡《をか》の 龗《おかみ》に言ひて 降らしめし
雪の摧《くだ》けし そこに散りけむ

藤原夫人（巻二の一〇四）

私の丘の　水神にいって降らせた雪　その雪が砕けて散ったのがそこにいま降っているんですよ　雪ということなら　私のところに先に降って　あなたのところにはその砕けたほうがいっているんじゃないですか　こちらこそ雪の本家ですよ　あなたのところのほうが後ですよ

甘樫の丘より飛鳥集落を望む。

藤原夫人の「夫人」とは後宮の職員で、皇后一人、妃二人に次ぐ地位に当たる。律令という法律では、天皇は三名の夫人を置くことができる。つまり天皇の妻のうち三番目の地位にある。

藤原夫人とは、藤原氏から出た夫人という意味だから、複数いてもよいことになる。藤原鎌足は、氷上《ひかみの》大刀自《おおとじ》とこの歌の大原《おおはらの》大刀自《おおとじ》のふたりを天皇に献じたので、同時代にふたりの藤原夫人がいた。後宮職員は、基本的には天皇の妻としての立場を持っていたが、出身氏族の身分、政治力と財力によって、その地位が決定されていたのである。

妻たちはもちろん、互いの美貌と教養を競い合ったはずである。この歌を見ると、夫人が天皇をからかうことができる関係、つまり寵愛《ちょうあい》を受けていることがわかる。

ひと言

「靇《おかみ》」とは竜神のことをいうが、降雨や降雪をつかさどる水神であった。竜神が水の神となることは、広くユーラシア大陸に広がる考え方である。

59

柿《かきの》本《もとの》人《ひと》麻《ま》呂《ろ》

歌の歴史、いや日本文学の歴史は、柿本人麻呂の以前・以後に分かれる。和歌の伝統は人麻呂がつくったのだ。

日並皇子尊《ひなみしのみこのみこと》の殯宮《あらきのみや》の時に、柿本朝臣人麻呂《かきのもとのあそみひとまろ》が作る歌一首
〔并せて短歌〕〈第一反歌〉

ひさかたの　天《あめ》見るごとく　仰《あふ》ぎ見し
皇子の御《み》門《かど》の　荒れまく惜《を》しも

柿本人麻呂（巻二の一六八）

（ひさかたの）天を見るように　仰ぎ見ていた　皇子の宮殿
その宮殿が荒れてゆくさまを見るのが惜しい――
（もう、皇子はいないのだ）

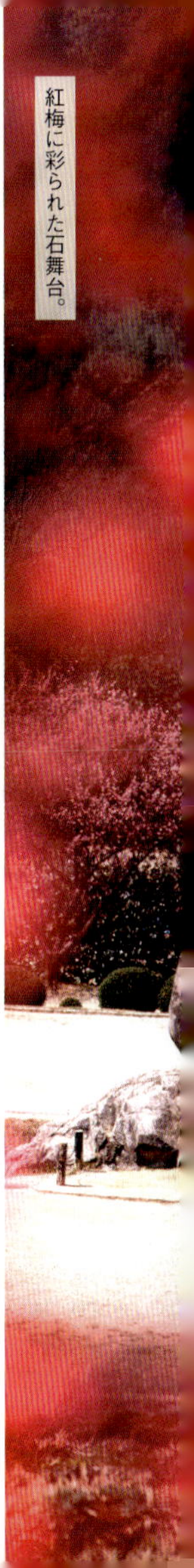
紅梅に彩られた石舞台。

日本文学の歴史が、文献でたどり得るのは一四〇〇年である。その歴史の中心にあるのが「歌」か「物語」かと問われれば、それはやはり「歌」である。では、その大きな転換点はどこにあるのだろうか。それは柿本人麻呂以前と、以後とに分かれるのである。

基本的に和歌の伝統というものは、人麻呂がつくったものである。雄大・繊細・深みのある歌々が人麻呂によってつくられ、人麻呂の歌のまねをして、以降の歌はつくられていたとみてよい。

掲げた歌は、日《ひ》並《なみしの》皇子挽歌の第一反歌である。宮廷の中で即位を期待されていた皇子の死をいかに悼むか、それは宮廷歌人にとっても極めて重要な仕事であった。皇子が亡くなり、その宮殿が荒れたように見えてしまう。あくまでそう見えるという、見る側の心の問題である。

ひと言

持統朝の大切な宮廷行事の歌々は、人麻呂の宮廷内での役割を推定させるものである。彼は特別の役割を与えられた、特別の歌人といえるだろう。

60 高《たけ》市《ちの》黒《くろ》人《ひと》

高市黒人は『万葉集』以外の史料に登場せず、どのような人物なのかは歌から想像するしかない。この歌では旅の寂しさを歌っている。

平城京歴史館前に赤い船が復原されている。

『万葉集』のみにしか、その名をとどめない人物がいる。柿本人麻呂もそうだし、高市黒人もそうである。するとと万葉歌を通してしか、その人物のことを知り得ないことになる。それはあたかも、作品を通して作家の履歴書を書くようなものである。歌も小説も虚構を含むから、その実像を知ることは難しい。わずかにわかるのは、人麻呂よりやや遅れて、持統朝後半から文武朝に出仕した下

高市連《たけちのむらじ》黒人《くろひと》が羈旅《きりょ》の歌八首〈一首目〉

旅にして　もの恋《こひ》しきに　山下《やまもと》の
赤《あけ》のそほ船《ぶね》　沖を漕《こ》ぐ見ゆ

高市黒人（巻三の二七〇）

旅にあって　もの恋しいその時……　先ほど山の下の
朱塗りの船が　沖を漕いで行くのが眼に入ってきた――

級官人であろうということだけである。黒人の歌はすべてが旅の歌なので、地方出張や地方勤務もあったのだろう。

旅が長引くと、心がもろくなる。すると感傷的な気分となる。そんな中で見えてきた景色を歌っている。「赤のそほ船」とは赤く塗った船のことであるが、なぜ赤く塗られていたかは不明である。心に染みた景色だったのであろう。

ひと言

日常の空間から切り離されることによって、心の内側を見つめることになる旅。そういう旅の歌の源流がこの歌にはある。

61

志《し》貴《きの》皇《み》子《こ》

政治的にはアウトサイダーで、『万葉集』への登場回数もわずか。逆にそのことが、私たちの想像力をかきたてる。

志貴皇子《しきのみこ》の懽《よろこ》びの御歌《みうた》一首

石走《いはばし》る　垂水《たるみ》の上《うへ》の　さわらびの
萌《も》え出《い》づる春に　なりにけるかも

志貴皇子（巻八の一四一八）

岩の上を　ほとばしり流れ出る滝のほとり　その滝の蕨《わらび》が
萌え出すように天に向かって伸びてゆく……　あぁ春になった！

春に先駆けて、日当たりの良い山野に萌え出るわらび。

たった六首しか歌が残っていないのに、多くのファンを持つ歌人が、志貴皇子である。いや、むしろ少ないほうがよいのかもしれない。清新なイメージを持ち、きらりと光る歌々。我々は歌を通じて、知らず知らずのうちに彼を孤独な貴公子として、その姿を想像してしまう。

　天智天皇の第七皇子ながら要職を歴任している人物である。しかし、その政治的地位はいわばアウトサイダーであった。一方、そうであるからこそ「文雅の士」として活躍できたという見方もある。文学とは、常に敗者の心に寄り添うものなのだ。

　春の喜びは何に代表されるのか。燃え上がるように伸びてゆく蕨《わらび》。それも岩の上をほとばしり流れる、滝のあるあたりに生えた蕨である。蕨を見て春を実感した瞬間が捉えられた歌である。

ひと言

「垂水」は垂れる水で、滝と考えてよい。岩と岩とのあいだを流れる水は清らかで速く、まるで映像を見ているようである。

62

山《やま》部《べの》赤《あか》人《ひと》

行幸に付き添った歌が多く、宮廷で評価されていたようだ。しかし山部赤人も『万葉集』以外の史料がなく、生涯は謎に満ちている。

神岳に登りて、山部宿禰赤人が作る歌一首 并せて短歌

反歌

明日香《あすか》川《かは》　川《かは》淀《よど》去らず　立つ霧の
思《おも》ひ過ぐべき　恋《こひ》にあらなくに

山部赤人（巻三の三二五）

明日香川の　川淀を離れず　立つ霧　その霧のように……
すぐ消え失せてしまうような　恋ではないのだ（私の恋は——）

飛鳥川は高取山北東麓に発して飛鳥を通り大和川に注ぐ。上流の稲渕付近は急流。

山部赤人も『万葉集』以外に、史料に登場しない。『万葉集』から読み取ることができるのは、聖武朝の宮廷で活躍した人物であるということだけである。官人として、東国や伊予（愛媛県）に赴いた人物であることも推察できる。

天皇の行幸に付き従った時の歌が大半であるため、宮廷においてその歌が評価されていたことがわかるが、笠金村《かさのかなむら》には及ばなかったものと推定される。

一方、近代に入ると叙景歌の祖として、高く評価されるようになった。ただしそれは、反歌の内容を評価してのこと。長歌においては天皇を讃え、反歌においては訪れた地の美景を述べるのが当時の歌のあり方であり、その美景も間接的に天皇を讃える表現とみなくてはならない。したがって、赤人を叙景歌人とする評価は、誤っているとみてよい。

ひと言

取り上げた歌も反歌である。その歌われ方は、それまで述べた景から自らの思いを吐露している。

大伴の御津は不明だ。イメージとして二色の浜より夕暮れの大阪湾を撮った。

63 山上《やまのうえの》憶《おく》良《ら》

遣唐使として派遣され立身出世を果たした。最先端の中国文化を吸収して日本に定着させた憶良の功績は大きい。

無位無官から遣唐使に任命され、貴族にまでなった山上憶良は、いわば「天平ドリーム」の体現者である立志伝中の人物である。たしかに『万葉集』に残された漢文類を見ると、同時代において最高の知識人であったと推定できる人物である。

憶良は遣唐使となることによって、最先端の中国文化を学んで帰ることができた。一例を示すと、七夕の宴と七夕の歌を日本に定着させたのは、

山上臣憶良《やまのうへのおみおくら》、大唐《だいたう》に在《あ》りし時に、本郷《くに》を憶《おも》ひて作る歌

いざ子ども　早く大和《やまと》へ　大伴《おほとも》の
三津《みつ》の浜松　待ち恋ひぬらむ

山上憶良（巻一の六三）

いざいざ皆の者たちよ　早く日本へ帰ろうではないか
大伴の　三津の浜松も　さぞや我らを待ちわびていようぞ

憶良であったと推定されている。

また、子どもへの愛情を告白する文学も、憶良によって伝えられたと考えてよい。しかしそれは、その後の日本文学の伝統には、なり得なかったようだ。

掲げた歌は、心をひとつにして唐より大和へ帰ろうと呼びかけた歌。「大伴の三津」とは、難波津のことである。

ひと言

漢才、すなわち漢文の知識を持つと同時に日本人の心を意識化し、多くの大和歌を残した憶良は、和魂漢才の人だと思う。

64

大《おお》伴《ともの》旅《たび》人《と》

大伴家持の父であり、大伴氏を率いた人物である。九州の大宰府で、多くの望郷の歌をつくった。

帥大伴卿《そちおほともきやう》の歌五首〈三首目〉

浅茅《あさち》原《はら》 つばらつばらに 物思へば
古《ふ》りにし里《さと》し 思ほゆるかも

大伴旅人（巻三の三三三）

浅茅原ではないけれど つくづくと 物を思っていると……
明日香の故郷のことが 思い出されるよなぁ

大和盆地遠望。右上が畝傍山、左上は二上山。手前が飛鳥。

老いを嘆き、望郷の歌をつくった歌人といわれる旅人。しかし、それは晩年の大宰府赴任後の歌しか残っていないからであり、旅人としても不本意であろう。

　大納言だった大伴安麻呂《おおとものやすまろ》の第一子として生を受けたのが、天智称制四（六六五）年のことであり、大伴氏を束ねる立場にあった。『万葉集』の編纂にかかわったとみられる大伴家持は、養老二（七一八）年、旅人が中納言のときに生まれた子とされている。

　今日、我々が見ることのできる旅人の歌々は、大伴氏に保管され、家持の下にもたらされたものであると推定することができる。

「浅茅原」とは、浅茅が生えている野原のことをいう。「つばら」を起こす枕詞である。

ひと言

この歌は九州大宰府で、望郷の思いを込めてつくられた五首のうちの、三首目。「古りにし里」は、おそらく飛鳥を指すものと思われる。

65

大《おお》伴《とも》坂《さかの》上《うえの》郎女《いらつめ》

大伴旅人亡き後、大伴氏を束ねた大伴坂上郎女は『万葉集』の編纂者、大伴家持に歌を教えた。『万葉集』の母といってもよい存在である。

大伴坂上郎女の歌六首〈六首目〉

恋《こ》ひ恋ひて　逢へる時だに　愛《うつく》しき
言《こと》尽《つ》くしてよ　長くと思はば

大伴坂上郎女（巻四の六六一）

恋して恋して　やっとやっと逢えた時ぐらいはね……　優しい言葉をいっぱい並べてくださいよね　いつまでもとお思いでしたらね！

平城京跡の北側の水上池。暁光を浴びる小鳥や白鳥に心をいやされる。

『万葉集』の成り立ちを考える上で、一番大切な女性は誰かと問われれば、私は躊躇《ちゅうちょ》なく大伴坂上郎女《おおとものさかのうえのいらつめ》と答える。父は壬申の乱で大活躍をした大伴安麻呂《おおとものやすまろ》。大伴旅人にとっての異母妹に当たり、大伴家持の叔母にも当たるが、郎女の娘の大嬢《だいじょう》は家持と結婚したので、後には家持の姑となった人物である。

『万葉集』の成り立ちを考える上で、なぜ重要な人物なのかといえば、大伴旅人亡き後、大伴氏を実質的に束ね、大伴家持を氏の上として育て上げたからである。『万葉集』の編纂者である家持は、郎女から教育を受けて大伴氏の伝統を学び、歌を学んだのであった。つまり『万葉集』の母なのである。

久しぶりに会った時ぐらいは、優しい言葉をかけてちょうだいよ、と郎女。歌を贈った相手の懐に入る表現である。

ひと言

大伴坂上大嬢は、家持のいとおしき妻となった人物であったが、郎女はふたりの成長を見ながら、娶《めあわ》せたことになる。

歌う人々

66 笠《かさの》女郎《いらつめ》

歴史上の史料としては大伴家持との相聞歌が残るのみだが、その数は二十四首にものぼる。掲載した歌は、ユーモアに富む恨み言。

笠女郎《かさのいらつめ》が大伴宿禰家持に贈る歌二十四首〈二十二首目〉

相《あひ》思《おも》はぬ　人を思ふは　大寺《おほてら》の
餓《が》鬼《き》の後《しりへ》に　額《ぬか》つくごとし

笠女郎（巻四の六〇八）

思ってもくれない　あなたを慕いつづけるということは……
大寺の　餓鬼　それもね正面じゃなく後ろから　お祈りする
ようなものでございます

笠女郎も『万葉集』にのみ、その名をとどめる人物である。わかるのは天平四（七三二）年頃、大伴家持と相聞歌を交わしているということだけである。大伴家持が、私的に贈られた歌々を保存していたために、二四首もの歌が残っているのである。

情熱的な歌が前半にあり、後半になるとこの歌のように、自分につれない家持への恨みの言葉が多くなってゆく。

飛鳥寺は蘇我馬子によって建てられた日本最初の本格的な伽藍配置の寺院だ。

「餓鬼」とは、餓鬼道という地獄に落ちた亡者のことで、崇拝の対象などにはなり得ない。それも正面からではなく、お尻のほうから拝むのだから、なおさらだ。つれないあなたを思うことは、餓鬼をお尻から拝むのと同じだといっているのである。

家持に対する恨み言葉としかいいようがない。しかし、その表現は清新、かつ面白い。

ひと言

こういう歌が存在するのは、少なくとも、餓鬼がどのようなものであるのか知れ渡っていたからであろう。

67

高《たか》橋《はしの》虫《むし》麻《ま》呂《ろ》

「ずっと住んでいればよかったのに」——。伝説を歌うことに熱心だった高橋虫麻呂は、浦島太郎にこう語りかけている。

水江の浦島子を詠む一首〔并《あわ》せて短歌〕〈反歌〉

常世《とこよ》辺《へ》に
汝《な》が心から
住むべきものを
おそやこの君
剣大刀《つるぎたち》

高橋虫麻呂（巻九の一七四一）

常世の国にね　ずっとずっと住んでいればよかったのにさぁ
（剣大刀）おまえさんの考えで　ばかなことをしたもんだよなぁ
このお人は

京都府伊根町舟屋の里。本庄浜にある浦島伝説の宇良神社。

「浦島太郎」は、今日の日本で最もよく知られた伝説であろう。その古い形は『日本書紀』『風土記』にも確認できるから、少なくとも奈良時代において、広く知られていたと考えられる。高橋虫麻呂は、その伝説を長歌に歌いあげた。とりあげたのは、長歌に付いた反歌である。

　なんで箱を開けてしまったのか――ばかなことをしてしまったよ、そのまま常世という、海中の極楽世界に住んでいればよかったのにね、と伝説の主人公に語りかけている。

　『万葉集』のみに名をとどめる虫麻呂についてただいえることは、藤《ふじ》原《わらの》宇合《うまかい》という人物の下にいた、ということだけである。ただし官人として部下だったのか、私的な家来であったのかは定かではない。もうひとつあえていうなら、伝説を歌うことに熱心であったということである。

ひと言

『万葉集』が成立する以前に存在し、『万葉集』が引用する歌集を先行歌集という。『高橋虫麻呂歌集』も、そのひとつである。

68

大《おお》伴《とも》家《やか》持《もち》

いうまでもなく『万葉集』の生みの親である。それは家持の意向が強く反映され、「大伴家の歌集」といっていいほどである。

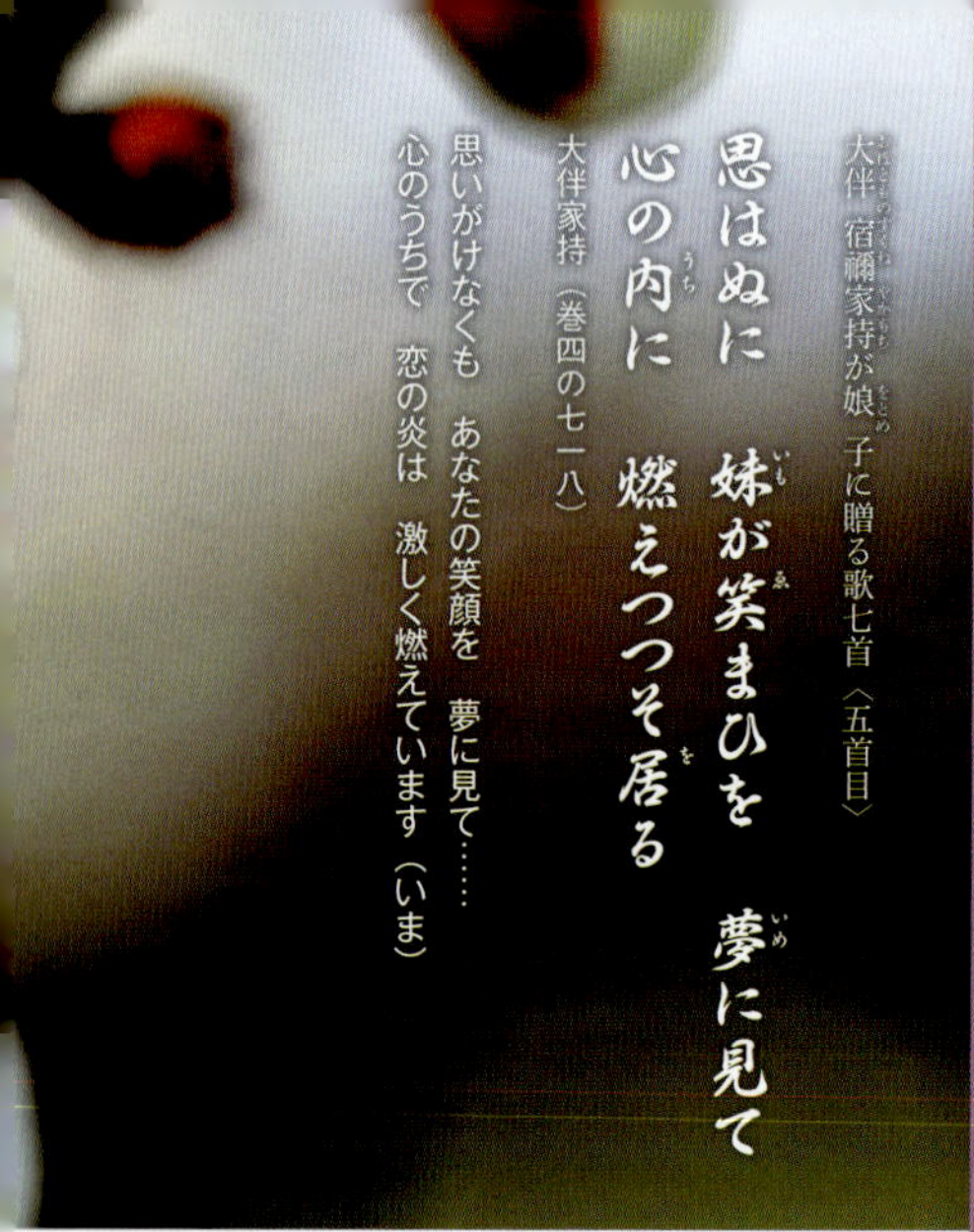

大伴《おほとも》宿禰《すくね》家持《やかもち》が娘子《をとめ》に贈る歌七首〈五首目〉

思はぬに　妹《いも》が笑《ゑ》まひを　夢《いめ》に見て
心の内《うち》に　燃えつつそ居《を》る

大伴家持（巻四の七一八）

思いがけなくも　あなたの笑顔を　夢に見て……
心のうちで　恋の炎は　激しく燃えています（いま）

人は自らの恋に酔う動物である。恋に恋するのだ。恋をしている自分を頼もしく思ったり、情けなく思ったりもする。

大伴家持は自らの胸の内とその深みを歌にする人物であった。思いがけずに恋人の姿を夢に見て、心の内が激しく燃えると歌っている。思いがけず、というところを見れば、自らの心を自らで制することができなかったのであろう。もうひとりの自

分が心の中にいるのである。
　名門大伴氏に生まれ、国司として地方勤務をこなし、多くの歌を集めたと推定されている。巻十七、十八、十九、二〇は家持の歌日誌がもとになっているといわれ、『万葉集』全体の構成も、家持の文学観が反映していると考えられている。よく『万葉集』を勅撰集だと勘違いする人がいるが、あえていうなら「大伴家の歌集」というべきだろう。

ひと言

『万葉集』の約一割が、家持の歌である。我々は家持というひとりの人物を通して、古代の歌の一端に触れることができるのである。

万葉びとの生活を知る

歌の表現について「なるほど」「そのとおりだ」と思えるのは、現代の我々にとっても共感する部分があるからだ。では、そのような共感はどこから生まれてくるのだろう。

私は、その底にあるものは、生活者としての実感だろうと思う。地域にはその地域に住んでいる人にとって特有の心性というものがある。

例えば、奈良の都に住む人々は、自らのことを「奈良人《ならひと》」と呼んでいて、その大路の広さや真っすぐさを誇りとしていた。つまり大路は、奈良の都の顔だったのである。それぞれの街にはその代表する通りというものがあり、その街の顔となっているのである。

また、古代の酒はドブロクであり、すべて白く濁っていたと考える研究者が多いが、上澄みだけを掬《すく》うと透明になる。つまり、ドブロクの白濁した部分を沈殿させて、透明な酒をつくることもできたのである。だから白濁した部分を「濁れる酒」、上澄みの透明な酒は、「澄み酒」といっていた。

文学は想像力の産物であるが、想像力を支えるものは生活実感である。この章で、想像力の背後にある生活実感を知ってほしいと思う。

69 奈《な》良《ら》人《ひと》

「奈良人」とは奈良に住む人のことをいう。お土産のために持って帰ろうとしていたのは撫子《なでしこ》であった。

典鋳正紀朝臣《きのあそみ》鹿《か》人《ひと》、衛門大尉《ゑもんのだいじょう》大伴《おほともの》宿禰《すくね》稲公《いなきみ》の跡見の庄に至りて作る歌一首

射目《いめ》立てて　跡見の岡辺《をかへ》の
なでしこが花　ふさ手折《たを》り
我《あれ》は持ちて行く　奈良人《ならひと》のため

紀鹿人（巻八の一五四九）

（射目立てて）跡見の岡辺の
撫子の花……　その花を束ねてね
私は持ってゆくよ　奈良びとのためにね――

「庄」とは荘園のことで、個人が私有する農園のことである。「跡見」は現在の奈良県桜井市、市街地東部の外山の地を指す。つまりここには、大伴氏の荘園のひとつがあったのである。

この地を訪れた紀鹿《きのか》人《ひと》は、そこにあった撫子《なでしこ》の花を手折って帰ろうとした。それは奈良人のためである、と歌っている。「奈良人」とは、奈良に住んでいる人ということ。つまりその奈良人へのお土産のために、撫子の花を手折って持って帰りたい、といっているのである。

奈良と三輪の麓の跡見では二〇キロほど離れているが、歩けば半日である。奈良人という言い方は、そういう距離においても使われる言葉だったのである。

歩けば半日とはいえ、意識としては、やはり違うのであろう。

ひと言

荘園が複数ある場合、農繁期には氏の人々が手分けをして赴いた。彼らは直接は農作業をしなかったとしても、監督はしたであろう。

70 大《おお》路《じ》

別れ別れに暮らす恋人に贈った一首。流された越前と平城京の朱雀大路を比べ、現在の境遇を嘆いている。

中臣朝臣《なかとみのあそみ》宅守《やかもり》と狭野《さのの》弟上娘子《おとがみのをとめ》とが贈答《ぞうたふ》せる歌／中臣朝臣宅守、上道《みちだち》して作る歌〈二首目〉

あをによし　奈良の大路《おほち》は
行《ゆ》き良《よ》けど　この山《やま》道《みち》は
行き悪《あ》しかりけり

中臣宅守（巻十五の三七二八）

あをによし　奈良の都は
歩きやすいけれども……　この山道は
歩きづらいもんだなあ――

平城京の居住者は、さまざまな試算方法はあるのだが、一〇万人程度だったと考えられている。

そのメインストリートが朱雀大路である。直線道路で、道幅は約七〇メートルもあった。この朱雀大路は道路であるとともに、柳の木が植えられており、今日の広場であったと考えてもよい。

巻十五に収められている中臣《なかとみの》宅《やか》守《もり》の歌のひとつが、掲げた歌である。

朱雀門前と朱雀大路は復原されている。

宅守は、罪によって越前に流され、恋人の狭野《さの》弟上娘子《おとがみのおとめ》と別れ別れに暮らすことになった。ふたりが交わした情熱的な恋歌のひとつが、この歌である。天平一一（七三九）年前後のことである。

　地方の官道も整備されていた時代とはいえ、やはり平城京のような大路は存在しなかった。だからそれを歩きにくいと思ったのであろう。

ひと言

街の形はひとつの政治思想の表現ともいえる。天を丸く、地を四角に考える思想から、東洋の七世紀から一〇世紀の街は方形なのである。

71 宴《うたげ》

「月の舟」とは半月が船に見えるような時のこと。それを杯に浮かべようというのだから、なんとも雅な風景である。

春日《かすが》なる　御蓋《みかさ》の山に　月の舟出《い》づ
みやびをの　飲む酒坏《さかづき》に　影《かげ》に見えつつ

作者未詳（巻七の一二九五）

春日にある　御蓋の山に　月の舟が出た……
みやびをが　飲む酒杯に　その影を映しながら――

春日は、平城京の東に広がる野原である。その春日のシンボルは、春日山と御蓋山であった。後ろに、屏風のように広がるのが春日山、その手前に、おにぎりのように見えるのが御蓋山である。

　したがって、平城京の人々は、東方のこのふたつの山から昇る月で、月見をした。この歌では、春日にある御蓋山の上空にある月を表現しているのである。「月の舟」とは、半月が船形に見えるときに使う表現である。その月の船を杯に浮かべようというのだから、なんとも雅な宴ということになる。まさに見立ての美学である。

「春日なる御蓋の山」の月といえば、平城京に生活した人なら、誰でも思い浮かべられる月であったと思われる。そういう感覚を、平城京の生活者たちは共有していたのである。

ひと言

春日山原始林は、神と人が守った原始林である。信仰の対象であったから、人の手が入らなかったのである。

浮見堂から見る春日の月。

72 酒

酒の徳をほめ讃える歌。同じような気持ちを持つサラリーマンも多いはずだ。

大宰帥《だざいのそち》 大伴卿《おほとものきやう》、酒を讃《ほ》むる歌十三首〈一首目〉

験《しるし》なき　物を思《おも》はずは　一坏《ひとつき》の
濁《にご》れる酒を　飲むべくあるらし

大伴旅人〈巻三の三三八〉

悩んでもしょうがない　物事を思うよりは……
一杯の　濁った酒を　飲むほうがまし！

よく大伴旅人《おおとものたびと》は酒好きであったという人がいるが、私は俗説であると思う。彼は酒をほめる歌を一三首つくったが、そこに歌われているのは、酒の徳をほめることとである。だからといって、酒好きかどうかはわからないはずである。

　そのひとつに掲げた歌がある。「験」とは、いわゆる効果のことである。つまり、悩んだとて効果のないことを思うよりは、一杯の濁った酒を飲んだほうがましだといっている。たしかに悩むことは大切だが、悩んだとて解決できないことは多い。だとすれば酒を飲んで、忘れたほうがよいというわけである。

　生きてゆくということは苦を背負うということだから、現実のすべてが肯定的に捉えられるわけではない。そこに酒の効用もあるのだというのである。

ひと言

律令国家は官僚国家であったが、官僚の評価は減点主義・成果主義である。だからストレスもたまるのであろう。

73 市《いち》

「西の市」は、平城京内で開かれた市のこと。寓意も理解できれば面白い。

市とは交易の場であるから、ヒト・モノ・カネが行き交うところでもあった。市は交易のためのものであるから、交通の要衝に自然発生するものでもある。もちろんその秩序管理は、地域や国家が行なうことになってゆく。以上のような市の代表例として、椿市《つばいち》（桜井市）や軽市《かるのいち》（橿原市）を挙げることができる。

対して、都をつくる段階において、その都市計画に組みこまれている市

西の市に　ただひとり出《い》でて
目《め》並《なら》べず　買ひてし絹《きぬ》の
商《あき》じこりかも

作者未詳（巻七の一二六四）

西の市に　たったひとりで出かけていって
見比べもせず　買ってしまった絹は……
買い損ないの銭失い――

こちらは東市町。奈良市西九条あたりにある。

もある。平城京の東の市と西の市が、それに当たる。

西の市に出て行き、ひとりで買い物をしたが、これが大失敗。買った絹は安物買いの銭失いだったというのである。じつは、この歌には寓意がある。それは、多くの人の意見を聞かずに結婚してしまったが、やはりこの結婚は失敗だった、というものであろう。

ひと言

市場は多くの人々が集まるので、歌をかけあう歌垣も行なわれていた。ここで歌をかけあって、配偶者を互いに見つけあったのである。

74

鰻《うなぎ》

痩せた石麻呂という人物を大伴家持がからかった歌。医学の知識がない万葉びとでも、経験から夏の鰻の効用を知っていた。

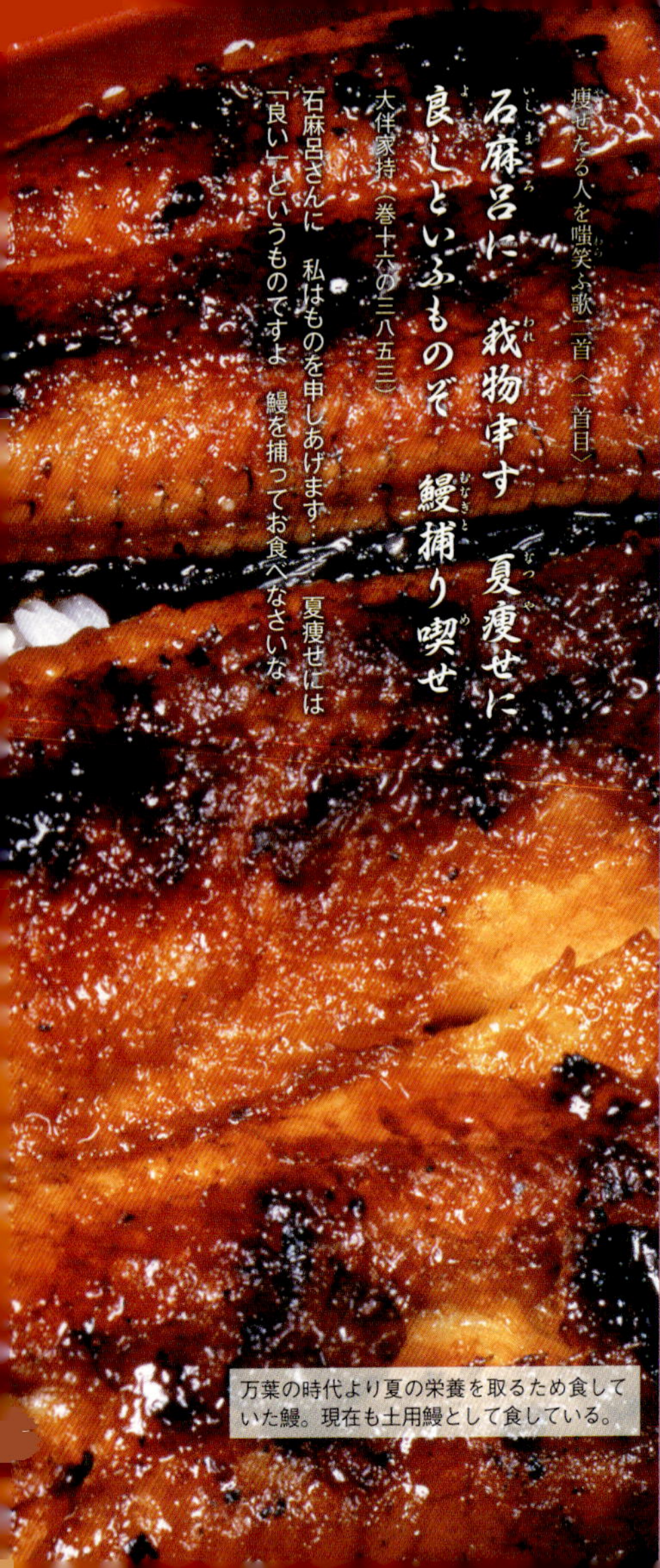

痩《や》せたる人を嗤笑《わら》ふ歌二首〈一首目〉

石麻呂《いしまろ》に　我《われ》物申す　夏痩《なつや》せに
良《よ》しといふものぞ　鰻《むなぎ》捕《と》り喫《め》せ

大伴家持（巻十六の三八五三）

石麻呂さんに　私はものを申しあげます……　夏痩せには
「良い」というものですよ　鰻を捕ってお食べなさいな

万葉の時代より夏の栄養を取るため食していた鰻。現在も土用鰻として食している。

同じ食べ物であっても体に良いもの、悪いもの、良い食べ方、悪い食べ方というものがある。近代医学が発達した今日では、それは医学知識として一般的に知られている。しかし、科学としての知識がない時代であっても、それらは生活の知恵として普及していた。いわば経験によって得られた知識である。

鰻に脂が乗るのは、むしろ秋から冬であるが、鰻に含まれるビタミン類が、夏痩せや夏の体の不調によく効くということを、万葉びとたちはよく知っていたようなのである。

この歌は石麻呂という人物を、大伴家持がからかった歌である。餓鬼のように痩せていた石麻呂に、鰻を食することを勧めている。たわいもない歌ながら、当時の人びとの生活を知ることができる。

ひと言

夏の土用の丑に鰻を食べる習慣は幕末からのものである。暦の知識を基にして、食べるとよい日を指定したのである。

万葉びとの
生活を知る

75

人言《ひとごと》

いつの時代もうわさはうっとうしい。しかし結婚について家族や氏族の許可が必要なこの時代では、貴重な情報源でもあった。

草《くさ》に寄《よ》する

人言《ひとごと》は　夏野《なつの》の草の　繁《しげ》くとも
妹《いも》と我《あれ》とし　携《たづさ》はり寝《ね》ば

作者未詳（巻十の一九八三）

人のうわさというようなものは　夏草のようなもの　もうどうしようもないけれど　もしあなたと私と　手を取り合って寝ることができたら……（もううわさなんか気にしませんよ）

結婚をする場合に大切なことは、母親の許可を得ることであった。母から娘へと財産が継承される母権制社会では、これは当然のことであった。さて、母親がどんなことを手がかりにして、娘の恋人の情報を集めたかというと、人言、すなわち「うわさ」である。だから万葉時代の恋人たちは、大層うわさを気にした。

　では、なぜうわさが大切かというと、それは結婚というものが個人のものではなかったからである。もちろん人の好悪というものは、個人の感覚に由来するものだから、恋愛は個人のものであるはずだ。しかし、結婚は家族や氏、村落が容認し、承認するものでなくてはならなかった。

　とりあげた歌の作者は、繁茂する夏草の例えで、うわさのうっとうしさを表現しているのである。

ひと言

夏草は、どんなに刈り払っても生えてくる。つまり、どうすることもできないものの例えとして、万葉歌では登場することが多い。

平城京跡に生い茂る夏草。

平城京跡に咲く萩の花。

76 花見

萩を見にいこうと呼びかける歌。おそらく、花を見ながら宴会でもしましょう、という意味であろう。

「花を見る」といってもさまざまである。歩いていてついつい見入ってしまうこともあるだろうし、花を見ることで、果実の実りを予測することもあるはずである。

しかし、「花見」といった場合、花の美しさをめでる、という目的のために花を見ることをいう。偶然見とれたり、何かの目的のために花を見ることではないのである。だから、花を見て楽しむ、ということが前提

秋風は　涼《すず》しくなりぬ　馬《うま》並《な》めて
いざ野《の》に行《ゆ》かな　萩《はぎ》の花《はな》見《み》に

作者未詳（巻十の二一〇三）

秋風が　涼しくなりました……　馬を連ねて
さあ野に行きましょう　萩の花見にね——

となる。多くの場合は、花を見て宴会をして楽しむのである。

萩の花は地味ではあるが、天平期には庭に植えることが流行していた。掲げたのは、萩の花見のために、みんなで野に行こうと呼びかけた歌である。

馬に乗ることのできる人は限られていた時代だから、今日でいえば、高級外車に乗って行く、というくらいの意味となろう。

ひと言

月見も同様である。月の美しさを楽しむことを目的として、月を見ることである。だから、宴を伴うことが多いのである。

77

七夕

遠《とほ》妻《つま》と手《た》枕《まくら》交《か》へて　寝《ね》たる夜《よ》は
鶏《とり》がねな鳴き　明けば明けぬとも

柿本人麻呂歌集歌（巻十の二〇二一）

遠く別れ別れになっていた妻と　手枕を交わし合って寝た夜は……
鶏よ鳴かないでおくれ！　夜が明けたとしても構うもんか――
このまま妻と居続けたいのだから

朝に鳴く鶏の鳴き声を聞くことは、別れの時間が迫っていることを意味する。七夕歌と断らない限り、普通の恋歌と読める。

とりあげた歌は、七夕の歌であると断らない限り、久しぶりに逢瀬を果たした男の歌として読むことができる。

『万葉集』の七夕歌は、その他の恋歌の表現とほとんど変わりがない。つまり伝説上の人物の逢瀬の歌というよりも、いまの恋歌として読めてしまう歌なのである。

もっとも古い七夕歌は天武朝と考えられているが、歌の世界に定着していったのは、天平年間と考えてよい。おそらく七夕伝説そのものは、かなり古い時代に日本に伝来していたが、歌われるようになるのが天平年間と推定されているのである。

男が妻の元を訪れた場合、朝には帰らなくてはならないから、恋人たちは鶏が鳴くことを恐れていた。それが別れの時を示しているからである。

ひと言

日本の七夕歌は、男が女の元を訪れる形を取る。それは当時の妻訪婚《つまどいこん》の形を反映している。

京都市北部の貴船神社の七夕まつり。

78

鹿

泊瀬朝倉宮《はつせのあさくらのみや》に天《あめ》の下《した》治《をさ》めたまひし大泊瀬幼武《おほはつせわかたけ》天皇の御製歌《おほみうた》一首

夕《ゆふ》されば　小《を》倉《くら》の山に　伏《ふ》す鹿《しか》し
今夜《こよひ》は鳴《な》かず　寝《い》ねにけらしも

〔左注省略〕
雄略天皇（巻九の一六六四）

夕方になると、小倉の山に来て伏す鹿が今宵は鳴いていない……寝てしまったのかなあ――

巻一の一を歌った英雄、雄略天皇の歌である。『万葉集』の鹿の歌は鳴き声を扱っているものが多い。

木かげで休息する鹿。

『万葉集』の鹿の歌は、そのほとんどが鳴き声を歌っている。万葉びとは鹿の鳴き声で、秋を知ったのであった。

　掲げた歌は、日本の国土を統一したと考えられている英雄、雄略天皇の歌である。夕方になると毎日鳴いていた鹿の鳴き声が、今日に限っては聞こえてこない、寝入ってしまったのかな、と推量している歌である。

　これは議論のあるところだが、今日は交尾の相手が見つかって、共寝ができているのだろう、だから雄鹿は雌鹿を呼ばないのだ、と天皇は類推したとする説がある。毎日鳴き声を聞いているからこそ、その鳴き声が聞こえないと歌っているのである。

　それは天皇の慈悲の心を表しているのであろう。

ひと言
小倉山の場所は不明であるが、有力視されているのは、奈良県桜井市今井谷である。歩くと、ここなら鹿の声も響くだろうと思われた。

79 放ち鳥

日本庭園の源流は飛鳥にある。放ち鳥は、餌付けをしたり、羽根の一部を切ったりして飛べなくした鳥のことをいう。

池を遊泳する鳥。

「放ち鳥」というのは餌付けをしたり、鳥の羽根の一部を切って飛べなくした鳥のことをいう。そうすれば常に、鳥の姿を庭で楽しむことができるからである。つまり飛鳥時代において、すでに鳥の姿をめでるために鳥を飼うということが行なわれていた。

日並《ひなみしの》皇子の宮殿である島の宮は、もともと蘇我馬子がつくったものであったが、増改築を繰り返しながら

皇子尊の宮の舎人等が慟傷して作る歌二十三首〈二首目〉

島の宮　上《かみ》の池なる　放ち鳥
荒《あら》びな行《ゆ》きそ　君いまさずとも

日並皇子の舎人（巻二の一七二）

島の宮の　上の池にいる　放ち鳥たちよ……
心すさんで飛んでゆくなよ――
かの皇子がいらっしゃらなくなっても

天武天皇、日並皇子へと受け継がれていた。しかし、天武天皇と鸕野《うの》皇后（後の持統天皇）の一粒種として即位が期待されていたその皇子は早逝。宮に仕える人々が途方に暮れて歌ったのが掲げた歌である。

皇子が亡くなった後は、鳥の心が荒ぶるであろう、すさぶであろう、でも、お前たちまでもいなくなってしまうと寂しくなる、と歌っているのである。

ひと言

庭をつくると、そこに珍しい植物を植え、鳥を放つということが行なわれていた。つまり、日本庭園の源流は飛鳥にあるといってもよい。

鹿が食べないので奈良公園には馬酔木の木が多い。東大寺のお水取りの頃には咲き始める。春ちかしの景だ。

80 馬《あ》酔《し》木《び》

目立たないが可憐で清楚な馬酔木。燃え盛る女心を咲き誇る馬酔木に例えている。

馬が誤って食べてしまうと、酔っぱらったような状態になるので、「馬酔木」と書いて「あしび」と読む。馬酔木は新暦の三月から五月にかけて咲く、長い花の花弁である。その花は鈴蘭《すずらん》状で、白い可憐な花である。

鈴蘭状であるということは、当然、一つひとつの花は小さいということになる。したがって、当然目立たない。しかしその小さい花が集まると、

我《わ》が背子《せこ》に　我《あ》が恋《こ》ふらくは
奥山の　あしびの花の　今盛りなり

作者未詳（巻十の一九〇三）

私のよい人に　私が恋をする心は……奥山の馬酔木の花のように　いまや真っ盛りです！

可憐で清楚な趣が出てくる。

とりあげた歌は女歌で、私があなたを思う心は、事情があって顔には出せないけれども、燃え盛っていますよ、それは人里離れた奥山の馬酔木の花の盛りのように、というのである。

誰も気付かないかもしれないが、私の心は燃えていると歌っている。

ひと言

奈良を代表する花は馬酔木といえるのだが、私が大好きなのは春日大社の、ささやきの小径の馬酔木の花である。

81

笠

雨による不参加や欠席などが広く認められていた時代。逆に、笠がないことを理由に男が女の家に泊まることもあった。

雨降りの水面。

この笠は、今日でいう差し傘ではない。蓑《みの》笠《かさ》のことである。「かさ」とは、覆いのことであるが、天皇をはじめとする高貴な人が公の場に出る時には、おわん型の笠で上を覆った。こちらは、その権威を示すものである。

この歌は、かつての恋人を回想する歌である。彼女の家に泊まりたいのだが、それには理由が必要だったのか、「笠なみ」すなわち「笠がな

笠《かさ》なみと　人には言ひて　雨《あま》つつみ
留《と》まりし君が　姿し思ほゆ

作者未詳（巻十一の二六八四）

笠がないからと　他人にはいってね……　雨宿りして
泊まって行かれたあなた　そのあなたの姿が思い出される——

いので」と、他人には説明したようである。そんな元彼の姿が偲ばれる、と女は歌っている。

差し傘が普及し、道路も舗装されている今日、よほどの雨でなければ、外出の予定を変更することはない。しかし、古代社会では、雨を理由とした不参加や欠席が、広く認められていた。恋人との逢瀬すら、すっぽかすことがあったのだ。

ひと言

訪問先で雨に見舞われた場合、女の家に泊まることも多かった。したがって、雨を理由にして女の家に泊まることもできたのである。

82

簾《すだれ》

簾であれば、男は音をたてずに女の家に入ることができる。その簾を動かしたのは――望んでいたものではなかった。

額田王、近江天皇を思ひて作る歌一首

君待つと　我《あ》が恋ひ居《を》れば
我が屋戸《やど》の　簾《すだれ》動かし　秋の風吹く

額田王（巻四の四八八）

アナタを待つと　私が恋い慕っていると……
私の家の戸の　簾を動かす　秋の風吹く――

簾のかかった日本的な情緒のある風景は最近では少なくなった。

人を待つと心が研ぎ澄まされる。ほんの一瞬でも早く、待つ人の訪れを察知したいからである。

恋人の車ならエンジンの音でわかる。インターホンの押し方、ノックの仕方で恋人だとわかることもある。ひょっとすると足音で、機嫌がわかる人もいるかもしれない。

掲げた歌は額田王《ぬかたのおおきみ》の歌である。額田王もまた、待つ女であった。あ、簾が動いた、ようやく来てくれたか、と思いきや、それを動かしたのは風だった、と歌っているのである。

秋の風は人恋しさを募らせるもの。一瞬のときめきの後のむなしさを缶詰にして、永久保存したような歌である。簾であれば、男は音をたてずに、女の部屋に入ることができたのである。

ひと言

戸をたたいて女の家に入ろうとすれば、他人に気付かれる恐れがある。簾も戸も、恋の小道具といえるかもしれない。

83

仮《かり》廬《ほ》

秋になると、下級役人などは獣や稲刈り盗賊から稲を守るために、粗末な仮廬をつくった。

秋田刈《か》る　仮《かり》廬《ほ》を作り　我《あ》が居《を》れば
衣手《ころもで》寒く　露ぞ置きにける

作者未詳（巻十の二一七四）

秋の田を刈る　仮小屋をつくって　私が寝ているとね……
袖にひんやりとね　露が降りているんだよ（寒い！）

大和は万葉の故郷だけあって、いたるところで万葉の面影を彷彿とさせる美しい景観と出会う。

仮廬とは、仮の廬《いお》りということである。廬というのは粗末な建物をいうから、仮に建てられた粗末な建物ということになる。

万葉の時代の人びとは、秋になると自分が耕作している田んぼの隣に廬を建て、そこで寝泊まりすることも多かった。もちろん貴族などの上流階級はそんなことはなかったろうが、下級の役人などは自分で寝泊まりしていたようである。

なぜ寝泊まりをしていたかというと、ひとつには獣害から稲を守るためである。収穫前の稲を鹿や猪が狙っているのである。人間がこれを狙うこともあった。いわゆる稲刈り盗賊である。廬に寝泊まりするのは、いわばその見張り番をするためなのである。

もちろん見張りの夜は寒く、寂しいものであったようだ。

ひと言

仮廬と同様の言葉としては、田廬《たぶせ》がある。こちらは田んぼにある廬屋《あしや》のこと。つまり、これも粗末な建物ということになる。

84

鹿猪田《ししだ》

鹿猪田は大型の獣が出やすい人里離れた山間部の田のこと。それを守るように母親が女を守っているのである。

魂《たま》逢《あ》へば　相寝《あひね》るものを　小山田《をやまだ》の
鹿猪田《ししだ》守《も》るごと　母し守《も》らすも

〈一に云ふ、「母が守らしし」〉
作者未詳（巻十二の三〇〇〇）

わたしのタマとあなたのタマが会ったなら——フィーリングがあったなら——　共寝もしてしまうものなのに……　害をおよぼす鹿や猪が出やすい稲刈り前の山の小さな田圃を見張るようにお母さんは、私のことを見張っているのよ〈見張っていたのよ〉

近年は農村の過疎化に伴い山里の田畑は猪、鹿の被害が多く、農作物を守るため柵で囲っているところも。

収穫前の田を鹿や猪が狙っているのは、前に述べたとおりである。どんな田んぼが猪や鹿に狙われやすかったかというと、それは人里離れたところや山間の田んぼであった。そういう場所は鹿や猪が出没しやすいのである。

「鹿猪田」とは、このように鹿や猪が出没しやすい田んぼのことをいう。「鹿猪」とは大型の獣を指す言葉で、鹿と猪はいまも昔も、日本における大型の獣の代表なのである。したがって、鹿猪田を守る田廬《たぶせ》には、弓の射手がいた。やって来る獣を仕留めれば、肉を得ることもできた。

掲げた歌は、鹿猪田を見張るように、母親は私を見張っているのだが、心と心が通い合えば、男とは共寝をするだろうと歌っている。

娘は母よりも恋人を取る、と宣言したのであった。

ひと言

山間の小さな田んぼは、現在でも獣害に遭いやすい。したがって、鹿猪《しし》垣《がき》をつくり、田を囲い込むことも多い。

85

苗《な》代《しろ》水《みず》

紀女郎《きのいらつめ》は大伴家持の年上の恋人。最近、通ってこない家持との関係を苗代水に例えて非難している。

紀女郎《きのいらつめ》が家持に報《こた》へ贈る歌一首

言出《こちで》しは　誰《た》が言《こと》なるか　小山田《をやまだ》の
苗《なは》代《しろ》水《みづ》の　中《なか》淀《よど》にして

紀女郎（巻四の七七六）

言い出したのは　誰でしたっけね……　山の田圃の
苗代水のように　お付き合いが途中で淀んだりして――

稲という植物は、南方に起源があるので寒さに弱い。したがって、山間地においては、わざと長い水路をつくって、少しずつ水を田に入れる工夫をすることが多かった。苗を育てる苗代に入れる水を、温める必要があったからである。

水の流れが滞っているところを淀《よど》というが、苗代の水は、淀で温めて苗代に入れたのである。

とりあげた歌は、大伴家持の年上

山間地の田圃の取水路。

の恋人であった紀《きの》女郎《いらつめ》が、久しく訪れのない家持に、お灸を据えた歌である。十歳以上も年上であった紀女郎は、あなたが先に言い寄ってきたのでしょう、どうして最近はやって来てくれないのですかと、家持を責めているのである。

　私たちの関係はまるで山間の小さな田んぼの、水路の淀みたいに中だるみですよ、と。

ひと言

山間の水は冷たく、稲の発育には良くない。もちろん収穫量は少なくなるのだが、味は良いといわれている。

奈良若草山の山焼き。

86 野焼き

万葉の時代には、焼き畑農耕がよく見られたようだ。よく燃えれば燃えるほど良い肥料が取れた。

焼き畑農耕という農法がある。山の斜面をよく焼いて、そこに作物を植えるという農法である。焼き払われた森林の灰を肥料として、作物を育てるのである。

この農法では春先、よく乾燥した日に火入れをする。焼ければ焼けるほど、良い肥料ができるからである。作物の品種を変えながら四年ほど収穫するのだが、その後はまた山林に戻す。したがって、焼き畑はリサイ

草に寄する

冬ごもり　春の大野《おほの》を　焼く人は
焼き足《た》らねかも　我《あ》が心焼く

作者未詳（巻七の一三三六）

春の大野を焼く人は　焼き足らないのかなあ……？
焼き足らないから　私の心までも焼いている——

クル型の農業であった。

奈良時代、その焼き畑はあちらこちらで行なわれていたのであろう。あの人は春の野を焼くだけではなく、まだ焼き足らないのかな、私の心も焼き尽くす、といっている。

「冬ごもり」とは枕詞で、冬の外出もしにくい、こもった生活をいう。その冬ごもりが終わった春ということである。この枕詞がよく効いている歌だ。

ひと言

毎年一月に行なわれる、奈良の若草山の山焼きは壮観である。胸躍るといったほうがよいだろう。

万葉びとの
生活を知る

87

神

壬申の乱によって荒れた近江宮を、国津神（土着の神）の心とシンクロさせて嘆く歌である。

高市古人《たけちのふるひと》、近江《あふみ》の旧《ふる》き堵《みやこ》を感傷して作る歌「或《ある》書に云はく、高市連黒人《たけちのむらじくろひと》なりといふ」〈二首目〉

樂《ささ》浪《なみ》の　國つ御《み》神《かみ》の　うらさびて
荒れたる京《みやこ》　見れば悲しも

高市黒人（巻一の三三）

楽浪の　国つ御神のお心が　うらさびてしまい……
荒れてしまった都を　見るのが悲しい――

大津市の北に位置する近江大津宮跡。

　一六世紀、日本にやってきたポルトガルの宣教師たちは、日本人のいう神という言葉に思い悩んだ。一神教の神とは、まるでちがうからである。恋愛もし、時に殺人も犯す神々。そしてこの国の人びとは、神の性交によって国土が生まれたと信じていたのであった。
　結局、宣教師たちはイエスを神と教えるのではなく、儒教思想の「天」と教えることにした。天は、あなたのことを大切に思っていますよ、というように。

　とりあげた歌は、国津神（土着の神）の心がすさんだので、国が荒廃したと歌っている。つまり国津神にも心があって、すさぶことがあるというのである。もちろん近江宮は、壬申の乱という戦争で荒れたのだが、高市黒人《たけちのくろひと》は、それは国津神の心のすさびの故であると感じたのである。

ひと言
土地には土地の神がいるという思想は、『古事記』『日本書紀』に顕著に表れている思想である。まさに日本思想史の第一頁だ。

夕日に映える和歌浦。

88 死

人間もいつかは死ぬのだから――現代のどこかの居酒屋でも、同じような声が聞こえてきそうな歌である。

まず自分自身が修養を積み、徳のある人となって、家や地域、国家のために働くという生き方がある。まさに儒教が求める人間像である。一方、まず生きているということを肯定的に捉えて、将来のことや天下国家のことを考えずに、いま生きているということそのものを楽しもうとする考え方もある。この考え方は道教の考え方に近い。

とりあげた歌は、まさしく後者の

大宰《だざいの》帥《そち》大伴卿《おほとものきやう》、酒を讃《ほ》むる歌十三首〈十二首目〉

生《い》ける者《ひと》　遂《つひ》にも死《し》ぬる
ものにあれば　この世にある間《ま》は
楽しくをあらな

大伴旅人（巻三の三四九）

生きとし生けるものは　いずれは死ぬという　運命にある――
だから、この世にあるあいだは……　楽しく生きていたいものだ

考え方である。人間なんていうものの命は限りがあるのだから、生きているあいだは楽しく生きるべきだと歌っている。生の哲学は死の哲学でもあるのだ。

では、人生の楽しみの最大のものとは何か。この歌の主題となっているのは、酒を飲むことである。大伴旅人は酒をほめることで、人生の楽しさを歌っている。

ひと言

東洋における人間観の中心にあるものは、儒教と道教である。そのふたつは、陰陽二極をなしてあざなえる、縄のごときものである。

89

鄙《ひな》

当時、鄙びた場所に住む地方勤務者は、本音は早く平城京に戻りたい。そんな本音を笑い歌に変えたのが山上憶良である。

敢《あ》へて私懐を布《の》ぶる歌三首〈一首目〉

天《あま》離《ざか》る　鄙《ひな》に五《いつ》年《とせ》　住まひつつ
都のてぶり　忘らえにけり

山上憶良（巻五の八八〇）

（天離る）鄙に五年も　住みつづけ……
都のてぶりも（いまは昔）すっかり　忘れてしまいました
（そんな私の歌でも聞いてくださいな）

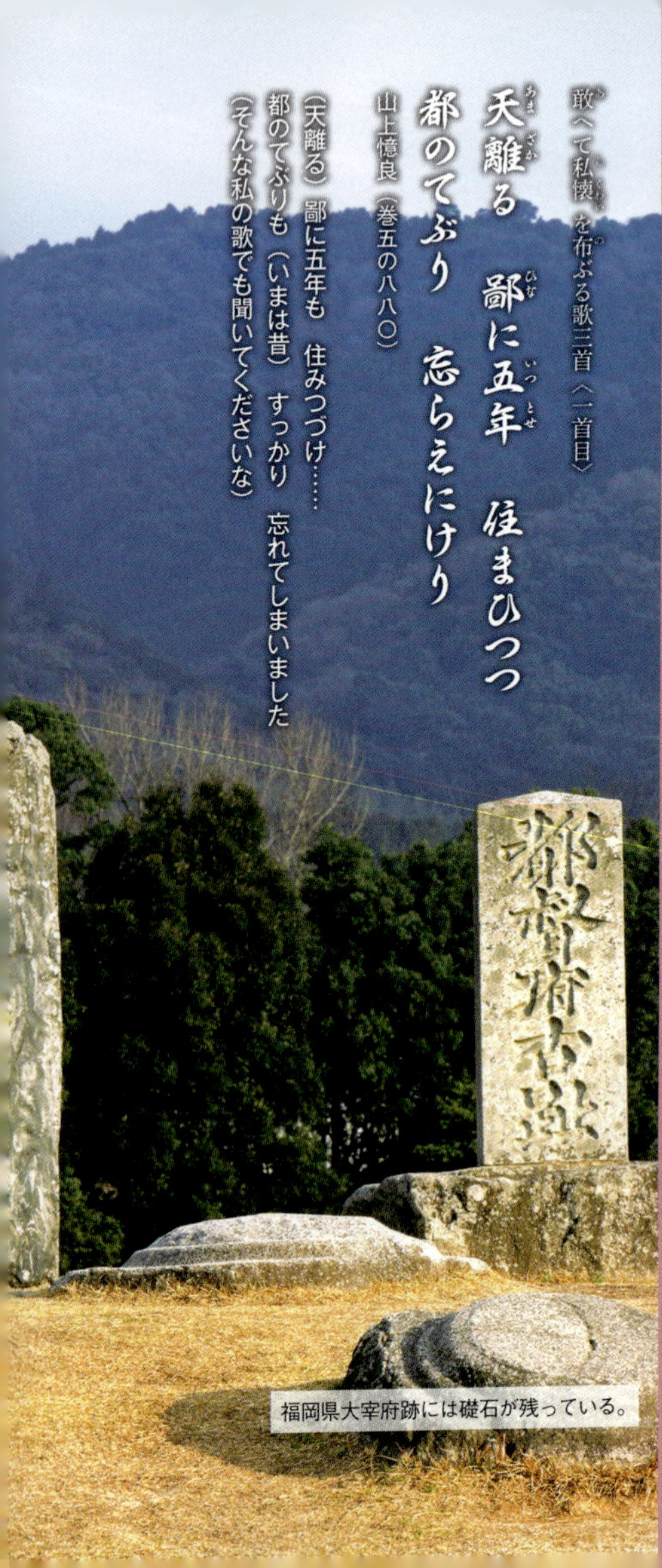

福岡県大宰府跡には礎石が残っている。

役人にしてもサラリーマンにしても、心の奥底で求めるものは、その中心で働きたいということであろう。もちろん、その中には出世も含まれる。本社・本店・本庁で勤めたいと思うのは、当たり前の願望というものだろう。

　奈良時代の役人たちも、できることなら平城京で勤めたいと考えていた。しかしそういう本音を漏らすことは、いわば私心に当たるから、一般的には許されないことであった。山上憶良は、それを堂々と述べたのである。おそらくは宴会の席、平城京へ帰任する大伴旅人の送別会での席においてであろう。

　とりようによっては露骨な猟官運動だが、多くの人がいる宴で歌えば、それは笑い歌となる。もう都の踊りの手ぶりも忘れてしまいました、早く私を平城京に戻してくださいな、と歌っている。

ひと言

天平サラリーマン・エレジーというべき歌である。こういう嘆き節が歌われることで、人びとはその憂さを晴らしたのである。

90 嘆き

日本文学は喜びよりも悲しみを歌う。この歌も、私には待つ人もいないのよ――という、額田王の姉による嘆きの歌である。

鏡王女《かがみのおほきみ》の作る歌一首

風をだに　恋ふるはともし　風をだに　来《こ》むとし待たば　何か嘆かむ

鏡王女（巻四の四八九）

風だけでも　恋い慕うとはうらやましいこと……　私はね風だけでもね　来るか来るかと思って待つのでしたら　何を嘆くことなどありましょうや（私にはね、待つ人がいないのよ）

朝日に乱舞する鳥。

天智天皇を待っていると簾が動いた、やって来てくれたのかなと思ったら、その正体は風だった――妹の額田王はこう嘆いた（二〇八〜二〇九頁）。それを受けて、姉の鏡王女はこう歌い返した。

――あなたの嘆きは、待つ人が来ない嘆き。私の嘆きは、待つ人もいない嘆きなのよ。あなたのほうがましよ――。

まるで七世紀後半を生きた姉妹の会話を、盗み聞いたような気分になる。

『万葉集』では、喜びを歌うものは少ない。恋歌でさえも、そのほとんどが会えないと嘆いている。楽よりも苦、喜びよりも悲しみを歌うのが万葉歌、いや、一四〇〇年に及ぶ日本の歌の伝統なのだ。

ではなぜ、そういう傾向が強いのだろうか。それは、歌が常に弱き人びとの味方だからである。幸福な人には、歌などいらないのである。

ひと言

姉と妹といえども、恋となれば敵にもなる。それが人の、人たるものの定めである。姉妹は相前後して、天智天皇の寵愛を受けていた可能性もある。

万葉びとの
生活を知る

91

星

なんとロマンチックな歌だろう。『万葉集』では数少ない、星を題材にした歌である。

天《あめ》を詠《よ》む

天《あめ》の海に　雲の波《なみ》立ち　月の舟《ふね》
星の林に　漕《こ》ぎ隠《かく》る見ゆ

柿本人麻呂歌集歌（巻七の一〇六八）

天の海に　雲の波が立つ……　月の舟は
星の林に……漕ぎ隠れてゆくのが見える――

よくいわれていることだが、日本文学は日月の文学であり、星の文学ではない。七夕の歌を除くと、『万葉集』にも、星の歌はほとんどないのである。

この歌は、「七夕歌」以外で星が詠まれた、数少ない歌のひとつである。なんとロマンチックな歌だろう。天上世界を海に置き換えて、天と海がひっくり返った世界を歌っているのである。

『柿本人麻呂歌集』は、人麻呂の作品集ではない。人麻呂の作品も含まれているかもしれないが、人麻呂ゆかりの歌集である。『万葉集』が成立する以前に、すで成立していた先行歌集のひとつで、『万葉集』は、そこから歌を引用しているのである。

複雑な経緯を通して伝来した歌だが、まるでファンタジーだ。

ひと言

ある女子学生が「まるで宝塚のような歌ですね」といった。まさにこの歌の言葉は、宝塚の世界そのものだ。

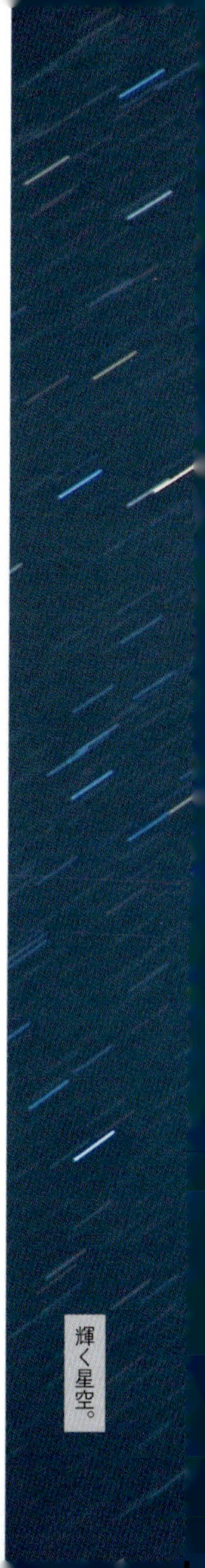

輝く星空。

瀬戸内海の屋島沖。旗がなびくような雲。夕陽が落ちてあたりは刻一刻と色を変えていく。

92

豊《とよ》旗《はた》雲《ぐも》

空を見ると、吉兆とされる豊旗雲が広がっていた——船旅をする者による、祈りの歌である。

旗のようになびく雲が「旗雲」である。その旗雲が大空に、無限に広がっているのが豊旗雲なのであろう。「豊」は豊かであるということである。

当時は雲の色や姿によって、吉凶を占うことがあったのであろう。この豊旗雲が出るということは、ひとつの吉兆として捉えられていたのである。今宵の月がさやかであれば、明日の天候も恵まれるはずだ。船旅をする者にとっては、何よりの吉兆

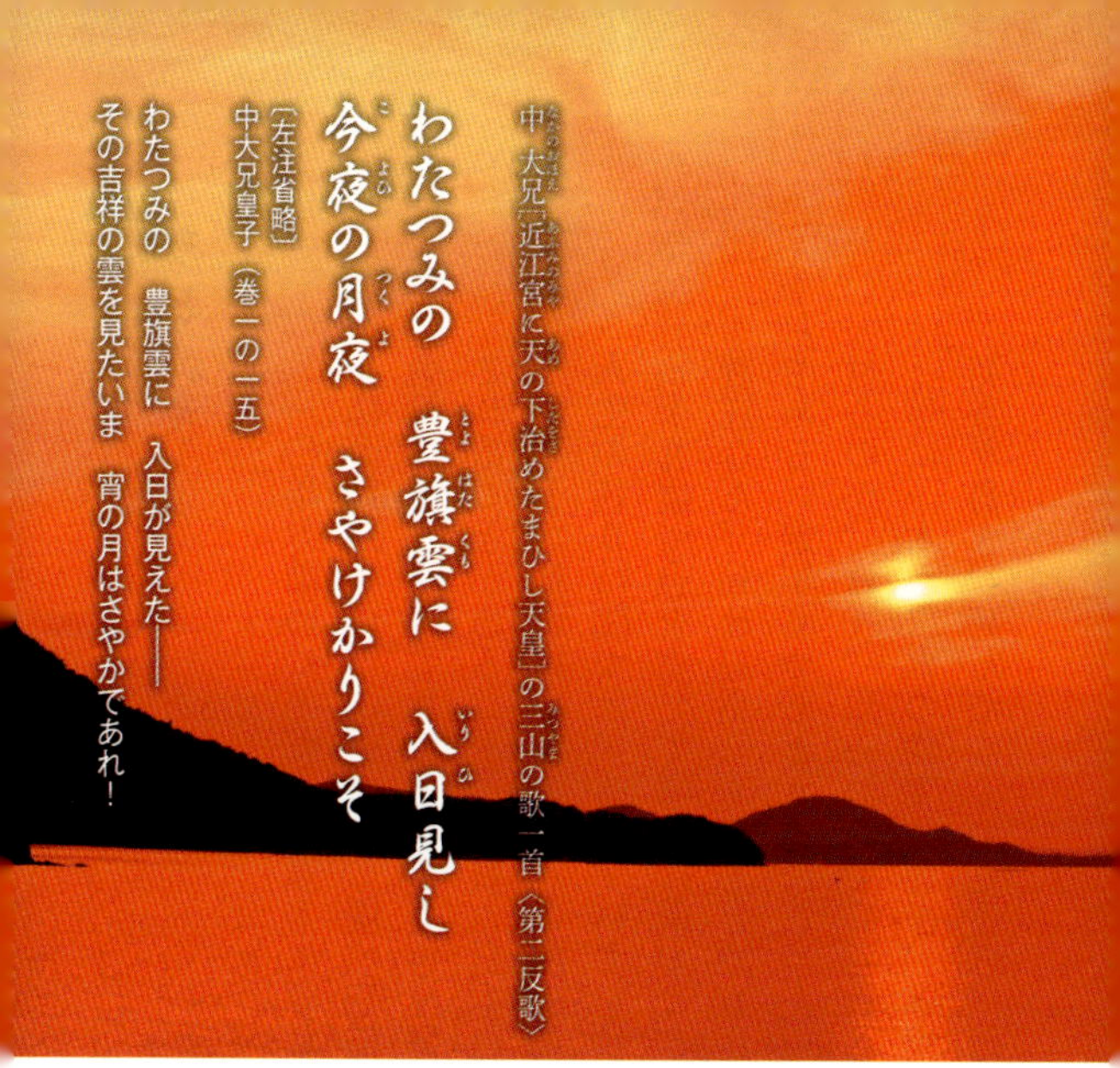

中大兄《なかのおほえ》〔近江宮に天《あめ》の下治めたまひし天皇〕の三山《みつやま》の歌一首〈第二反歌〉

わたつみの　豊《とよ》旗《はた》雲《くも》に　入日《いりひ》見し
今《こ》夜《よひ》の月夜《つくよ》　さやけかりこそ

〔左注省略〕
中大兄皇子（巻一の一五）

わたつみの　豊旗雲に　入日が見えた――
その吉祥の雲を見たいま　宵の月はさやかであれ！

である。
　この歌は大和三山歌の第二反歌である。山の伝説を歌っているのに突然、海の歌になるのは不思議だが、これは船上で歌われた可能性が高い。つまり船が播磨国の印南国原（現在の兵庫県加古川市・明石市一帯）の沖を通過するに当たり、大和三山の仲裁にやって来た阿菩大神《あぼのおおかみ》のことを思い起こして、歌われたとする見方が有力である。

ひと言
百済救援のために船に乗った斉明天皇・中大兄皇子・額田王は、祈る気持ちで旅の平安を願っていたことであろう。

あとがき

一〇年も前のことだが、途方に暮れたことがあった。なんと書店への支払金額が冬のボーナスの、優に三倍を超えたことがあったからである。金策に走り回ってなんとか事なきを得たが、いまでも、この悪夢にうなされることがある。一方、買った本の三パーセントも読んでいないことを思うと、私が集めた本は、これからも死蔵されてゆくのだろう。私の人生の残り時間では、そのすべてを読了することは不可能である。

十九歳で志を立てて学者修業をはじめ、三十二歳のときに奈良大学に赴任した。私は万葉のふるさとで万葉を講じる、世界一幸せな万葉学徒である。定年まであと九年になったいま、自分の人生の後始末をどうつけるのか、日々、思い悩んでいる。

年に一本か二本の論文を書き、年相応の役職をこなし、それなりの啓発書を書き、死んでゆくのだろう。薄くなりつつある髪をかきあげながら、時に嘆くことがある。「これでよいのか」と。この国の歌人たちは『万葉集』のような歌を、一首でもいいからつくりたいと思いつつ死んでゆく。この国の小説家たちは、『源氏物語』のような小説を、一作でもいいから書きたいと思いつつ死んでゆく。かくいう私の学力も江戸時代の学者である契沖大先生や本居宣長大先生には、はるかに及ばない。もちろん、その一部の学説について修正することはできたとしても、知の総体を比較すれば、足元にも及ぶまい。

一方、万葉学徒として奈良に生き、いま万葉を講じていることには感謝もしなくてはならないし、また人生の残り時間を楽しみたいとも思っている。それが五十五になった、いまの私である。そんな折も折、東京書籍の岡本知之さんから、本書執筆のオファーを受けた。お断りしたのだが、岡本さんは、こう言葉を継いだ。

「手帳サイズとして、一冊で誰もが万葉の旅人になれる本を目指しましょう。写真もふんだんに入れて、一冊ですべてを網羅できる本をご執筆

私の心は動かされた。

いただきたいんです」

「いつでも、どこでも万葉の旅人になれる本」という岡本さんの言葉に、私の心は動かされた。

本シリーズは手帳サイズで、多くの人びとに事物の持つ深みを伝えてきた。ならば、そういう仕事もしておくべきかもしれないと思ったのである。素晴らしい写真を提供してくれた牧野貞之さんには、まず、最初に感謝の言葉を述べたい。いつもながらに原稿を手伝ってくれた佐伯恵果、大場友加、西村潤、的場穂菜美、吉田明美、仲島尚美、大和聖史の諸氏には、お礼の言葉もない。多謝、感謝。

宮崎にて著者記す。

二〇一五年九月四日

索引

参考文献

『改訂新版　万葉の旅（上・中・下）』犬養孝 著（平凡社、二〇〇三〜四年）
『万葉民俗学を学ぶ人のために』上野誠・大石泰夫 編（世界思想社、二〇〇三年）
『万葉びとの奈良』上野誠 著（新潮社、二〇一〇年）
『万葉挽歌のこころ――夢と死の古代学』上野誠 著（角川学芸出版、二〇一二年）
『万葉集で親しむ大和ごころ』上野誠 著（ＫＡＤＯＫＡＷＡ、二〇一五年）
『上代文学研究事典』小野寛・櫻井満 編（おうふう、一九九六年）
『日本全国　万葉の旅　大和編』坂本信幸・村田右富実 著、牧野貞之 写真（小学館、二〇一四年）
『日本全国　万葉の旅　西日本・東日本編』坂本信幸・村田右富実 著、牧野貞之 写真（小学館、二〇一五年）

上野 誠【うえの　まこと】

奈良大学文学部教授。1960年福岡生まれ。国学院大学大学院文学研究科博士課程満期退学。博士（文学）。国際日本文化研究センター客員教授。第20回奈良新聞文化賞、第12回民俗学会研究奨励賞、第15回上代文学会賞、第７回角川学芸財団学芸賞受賞。『古代日本の文芸空間』（雄山閣出版）、『大和三山の古代』（講談社現代新書）、『魂の古代学――問いつづける折口信夫』（新潮選書）、『万葉挽歌のこころ――夢と死の古代学』（角川学芸出版）、『日本人にとって聖なるものとは何か――神と自然の古代学』（中公新書）など著書多数。万葉文化論の立場から、歴史学・民俗学・考古学などの研究を応用した『万葉集』の新しい読み方を提案。近年執筆したオペラの脚本も好評を博している。

編集　岡本知之、金井亜由美（東京書籍）
装幀　長谷川理（phontage guild）
本文デザイン・組版　株式会社明昌堂

万葉手帳
まんようてちょう

2016年2月18日　第1刷発行
2019年4月25日　第2刷発行

著　　者	上野　誠 うえの　まこと
写　　真	牧野貞之 まきの　さだゆき
発 行 者	千石雅仁
発 行 所	東京書籍株式会社
	東京都北区堀船2-17-1　〒114-8524
	電話　03-5390-7531（営業）、03-5390-7512（編集）
印刷・製本	図書印刷株式会社

ISBN978-4-487-80957-8 C0021
Copyright ©2016 by Makoto Ueno, Sadayuki Makino
All rights reserved. Printed in Japan
乱丁・落丁の際はお取り換えさせていただきます。
定価はカバーに表示してあります。
東京書籍ホームページ http://www.tokyo-shoseki.co.jp